言

말하다

生活如此艱難，
但我們還有文學與寫作

金英夏 著
陳思瑋 譯

目錄

第一部　保有內在

第二部　以藝術家身分過活

第三部　前往意想不到之境吧

第四部　沒有記憶地記住吧

第一部　保有內在

插入探針

我的探針

您在散文集《見》裡提到，結束四年的紐約生活，二〇一二年回國後，「必須把探針深深插入我所生活的社會」。請問有什麼特別的契機讓您這樣想嗎？

我認為理想的社會裡，像我這樣的作家就只要在家想想奇怪的東西，開心地寫下那些想法，不必在意社會問題之類的事，但現在似乎有相當重要的事情正在發生。從二〇一二年開始到現在，韓國社會好像變得和過去很不一樣。雖然不清楚是哪裡不一樣了，也許該說是大方向改變了嗎？過去大家都相信這艘名為韓國的船正好好地航向某個方向，但某刻起才意識到，我們可能正在往另一個方向前進，大概就是這種感覺。而我自己似乎對此也很無知，為了更進一步了解，我稍微積極地觀察這個現象並記錄了下來，因為這也是學習的一環。

為維持尊嚴的爭鬥

還記得回國後的那段期間感覺怎樣嗎？

這……很難說明，該說是感到可惜嗎？而且還有點茫然。我自己雖然沒經歷什麼艱難的情況，但我周遭的人也應該要過得好啊。在簽書會這類場合見到年輕讀者，聽了他們的故事後，我才知道我的讀者是在便利商店打工或待業好幾年的人。我感覺他們正在為自己的尊嚴戰鬥，忙著積累自己的求職競爭力，同時還必須賺錢，但是他們為什麼還要讀小說這種東西呢？讀小說沒什麼幫助吧。即便如此他們依舊努力工作，回到家努力地看書，還會聽我主持的 Podcast。我認為這麼做是為了維持自身擁有的人性與尊嚴，最好能更重視並守護這些部分，然而現實卻不允許我們如此，所以我才感到可惜吧。

希望的總量

我想您寫《見》這本散文，應該也是為了嘗試理解社會吧。很好奇金英夏作家所理解的現今社會是什麼樣貌？

若要談到回韓國後感受到的變化，跟以前比起來，現今社會已失去很多希望，現在別說抱持希望了，感覺光是守住自己當前占著的位置，就已是求之不得了。而且我認為我們並沒有靠往文明的方向，而是靠野蠻又更近了一點。如果說尊重弱者、遵守社會規範是文明的象徵，我們應該往反方向走很遠了。

現在，世代間開始產生矛盾了

《見》中不斷重複出現的內容中，有個與「父子關係」相關的內容，請問過去有什麼事讓您特別對此感興趣嗎？

比起實際的父子問題，書中提到的更像是世代間的矛盾。我認為這是韓國社會相當大的矛盾之一。年輕人不得不繳房租給資產結構以不動產為主的中老年人，因此產生世代間的矛盾，而這樣的矛盾能以父子問題作為象徵。父親擁有很多，而兒子想挑戰這位父親，不過兒子並沒有足夠的力量與勇氣，我認為兩者之間的問題會持續加劇。最近韓國也發生了大學要蓋宿舍，居民出來抵制的情況吧。居民認為租金收入會因此減少，他們為了保障自身生存權而向大學抗議。雖然這個案件也與環境保護議題相關，但其實這問題不正是世代間矛盾的一種信號嗎？年輕世代需要更便宜、更優質的住所，擁有土地與財富的中老年人則持續追求自身的安穩地位，我想，未來這種矛盾應該會更加激化。

關於糟糕的父母和孩子的關係是如何，您也指出過一個現象吧？您說不太受父母喜愛的孩子會更加費心地討父母歡心，然而孩子越是這樣，父母反而越不愛他，以此方式占據關係中的優越地位。

站在個人角度看是如此，以社會整體來看也是如此。比方說……應該稱之為壓迫式面試吧？也許是出於某種虐待狂的行為，有些人會汙辱找工作的人，而這就跟糟糕父母的行為一樣。他們會批評說：「你不夠好，你為什麼能力這麼差。」一邊汙辱，一邊打擊對方信心。不過即使如此，面試者還是得笑著面對吧，為了討面試官歡心，必須努力變成能忍受一切的人，就算是錯的也要讓自己順從，以強者的邏輯說服自己：「這是場競爭，所以不得已如此。」以此方式說服自己接受。這種情形就很像孩子在費心地討糟糕的父母歡心一樣。

您在某個訪談中說過：「第一次看到連年輕世代生活都沒有希望的時代。」金英夏作家所成長的七〇到八〇年代裡，年輕人即使做著遙不可及的夢，卻也似乎沒失去希望，然而現今世代為什麼做不到呢？

我上大學時，韓國一年的經濟成長率大約是10％左右，與現在相比，就是四年成長的量在一年內達成吧。而且教育機會變多的同時，我們這個世代的人大部分都比自己父母親讀更多的書，所以我們很有信心，我們相信自己會比父母親那代人更富裕，有更豐富的文化，擁有更多知識。這是任誰都無法否認的，實際上也確實如此。但是現在沒多少人認為自己能比父母過得更好，大部分都認為能過上跟父母差不多的生活就很好了。現在為人父母的那個世代，大都讀過大學，三十歲左右買房買車，享受過富足的生活。如今，想要達到這樣的程度已經很難了，進入職場很難，就算進入了職場，要存錢也很難，買房子也很難，這跟我們的世代不一樣。其實這不能責怪誰，因為韓國過去所具備的經濟活力正在消失，人口也將開始減少。而且，應該已經沒有那種專屬於我們的特別之處了，所以才會覺得社會沒有了希望。

悲觀的現實主義與感性肌力

二〇一四年十二月SBS《Healing Camp》演講

某公司的老闆把新進員工叫到跟前坐下，對他們說：「為什麼現在的年輕人面對現實時會選擇安於現狀？看看蘋果的賈伯斯跟微軟的比爾．蓋茲，建立世界級企業，不都是從家中車庫開始的嗎？」這時一名新進員工對身旁同事說：「車庫？我家沒車庫耶？」而那個同事則說道：「說什麼車庫啊？我連車都沒有。啊，對了，其實我連房子都沒有。」對現代年輕人來說，「安於現狀」本身已經像做夢一般，如今已是安居也成為奢侈的年代，只要別每下愈況就該慶幸的年代。

我身為作家，對於數字並不在行，但姑且舉例說明看看。我上大學的那年，韓國年經濟成長率足足有10.6％，隔年成長率是11.1％，舉辦漢城奧運的一九八八年則是10.6％。然而二〇一三年韓國經濟成長率是多少呢？2.8％。簡單計算一下，當今這樣的年代下，現在四年的經濟成長，過去只要一年就能達成，以現在的標準來看，真的是很驚人的成長率。不過與現在相比，當時的大學畢業生很少（一九八六年的大學就學率不到22.3%），大學生不太認真看待求職，因為有很多企業需要他們。再加上當時只要能就業，幾乎都是正職，根本沒有約聘的說法。雖然考上大學很難，但只要大學畢業，就會有一帆風順的未來等著你。

大三開始我就是學軍團的預備生，學軍團是所謂的大學儲備軍官訓練團。第三學年，也就是學軍團的第一年，真的很累。訓練很累人，前輩刁難人，大聲敬禮也很丟人。學軍團的預備生每個暑假都要進部隊受訓一個月，第二年夏季訓練前的某天，我拖著沉重的腳步走進校園，當時猶如某種「神啟」般，我聽見一個聲音叫我別參加訓練。這當然很離譜，因為不參加那個訓練，不只馬上會被學軍團除名，之前一年半的辛苦都白費了，而且一畢業就要以士兵的身分入伍。但是我當天直接跟學軍團說，我不參加夏季訓練，今天起不當學軍團的預備生了。學軍團被我鬧得人仰馬翻，之後只好來說服我，一起辛苦過的同期生也紛紛給我忠告，說：「不覺得放棄到目前為止的努力很可惜嗎？」我到現在都還記得當時回他們的話，我說：「不會，我覺得之後的日子更可惜，這條路應該不屬於我。」

如果我最終當上軍官，應該會一退伍就直接進入大企業工作，馬上結婚生子，成為一個上下班時間在地鐵常見的平凡上班族。順利升職的話，現在應該做到部長級了吧。然而不論我怎麼想，這都不像是我的未來。雖然無法明確知道將來會如何，但至少我莫名地確信，我的未來不會是這樣的人生。

我父親生於貧困農村，以自學的方式讀到高中夜間部畢業，以士兵身分入伍，以幹部預備生身分成為軍官。不當預備生後，我寄居在社團辦公室，我父親想見到兒子大學畢業、擔任軍官，所以他到辦公室來說服我，說：「這是爸爸最後的願望，只要當上軍官就好，以後我別無所求。」無法遂父親所願雖然很抱歉，但我很明確地表達了我的想法，說：「我辦不到。」因為長輩的願望總是如此──只要上大學就好、只要畢業就好、只要結婚就好、只要生孩子就好，以後你想做什麼就做什麼。但，無條件地想做什麼就做什麼的「那一天」，終究不會到來。

結果我歷經一番波折退出學軍團後，雖然為了不馬上入伍而進了研究所，但無心學業，此時我把心思放在文學上，開始練習寫作。研究所畢業後，我才入伍，退伍後直接步入文壇成為作家。如果我無視內在的聲音，參加了夏季訓練、成為了軍官會怎樣呢？雖然還是會有些作為，但大概無法成為作家吧。

然而我能下這樣的決定，肯定是受當時社會氛圍影響，因為那是個經濟成長率超過10％的年代，大家都對未來相當樂觀。雖然父親被列為預備役，但是他也以預備軍大隊長的身分，在穩定的銀行職場中成功再就業；我們在新市鎮的新建大樓買下了新房，家人都引頸期盼著搬家的那天。原本父母希望我能找執業會計師這類的安穩工作，他們不是很滿意我成為作家，但好像也不覺得我會一直餓肚子。這方面我的想法也一樣，我抱著「難道還會餓死嗎？」的念頭跟父母打哈哈，撐過了好幾年。雖然我連一份履歷都沒寄出，心思全放在寫作練習上，但也曾想過，如果成為平凡上班族生活會如何。因為心意不斷動搖，某天我去新村穿了耳洞、戴了耳環。

「嗯，這下求職的事沒戲唱了，誰會選一個戴耳環的傢伙？現在就專心寫作吧。」

樂觀主義高漲的年代裡，如此衝動的行為還說得通，那樣的年代如今已成過去。現在就算讀過大學，我也做不出二十年前那樣的事。如果有要還的學貸，父母無穩定工作，而且每個月還要繳房屋抵押後的貸款，我肯定也會放棄寫作練習，趕快投入就業市場。

幸好經過一段時間，我成了小有名氣的作家，在路上偶有讀者認出我、跟我打招呼，新書上市時，也會在像大型表演場的地方舉辦讀者見面會。我的讀者大多是年輕人，活動結束後他們會來問問題，他們也想寫作、想當作家，問我可以給他們什麼忠告。這問題真的很難回答，因為我立志成為作家的年代，實在跟現在很不一樣。

我去部隊演講過，士兵真的很愛聽演講，因為可以好好睡一覺。講文學相關內容時，大家都睡得很熟，秩序井然地歪向同一個角度睡著，相當有軍人風範。這讓我很有成就感，我心想，還好有來演講，他們才能得到如此充分的休息。演講一結束，就跟平常一樣有例行的問答時間，因為是部隊，所以不會是自由發問，肯定是預先準備好的問題。即將退伍的兵長[1]問我，他家裡經濟情況不好，所謂的求職競爭條件很普通，也沒有厲

1 兵長為大韓民國的軍銜之一。士兵的軍銜由下而上為二兵、一兵、上兵，還有士兵中最高階的兵長。

害的學閥[2]撐腰，像他這樣的年輕人怎樣才能在社會上成功。

我告訴他：「不會成功的。」

我這樣一回答，原本在睡覺的士兵一個個抬起了頭，應該是察覺到情況有點不對勁，該醒醒了。我對醒來的士兵說，現在這個年代要成功已經很難了，很抱歉必須這樣講，但大家所面臨的未來是黑暗的。而且我是作家，更不可能教大家成功的方法。作家是失敗的專家，而小說本身就是關於失敗的故事，想想看那些世界名作，幾乎沒出現過成功人士。《老人與海》的老人盡全力成功抓到大魚，大魚卻被鯊魚啃食，而他只能拖著魚骨回來。《安娜卡列尼娜》的安娜和《包法利夫人》的包法利夫人，最後都自殺了。《大亨小傳》的蓋茲比不僅沒贏得舊愛，還被無關的人槍殺，結束生命。文學無法告訴我們成功法則，卻提醒了我們，失敗並非完全那麼恐怖，它教我們有時要有威嚴，還教我們能有尊嚴。所以，把文學當作人生的保險，讀讀小說吧。

看我小說的年輕讀者跟那位士兵一樣，常問同樣的問題，因為大家都對未來感到不

2 學閥：韓國常用說法，指因畢業學校的關係在職場上所產生的人脈。

安，不太相信自己。讀者是天使般的存在，他們用自己的錢買書，撥時間參加像朗讀會這類的活動，在活動中，用非常溫暖的表情望著作家。有時覺得很神奇，我只不過是寫了本小說而已，上輩子到底燒了什麼好香，能接受讀者如此溫暖的對待？我很感激，同時也很難過，他們這麼善良，為何將面對如此令人憂鬱的現實呢？

某次有位讀者寫信給我，他是便利商店的工讀生，他買了一本我的書送給了店長。雖然在理想的世界裡，應該是店長贈書給工讀生，但現實世界裡卻是連最低薪資都領不太到的工讀生，省著那沒多少的薪資買禮物送店長。我曾經寫過以在便利商店打工的年輕人為主角的小說，所以我大概知道在便利商店工作是怎樣的情形，因此我的心情既感激又難受。

每次在書店辦簽書會，我都會一一詢問讀者是做什麼的，因為我很好奇我的讀者做著怎樣的工作度過一天、有怎樣的夢想。年輕的讀者大多是學生、工讀生，或非正職人員，不然就是待業的人，每次我出新書就會發現，擁有像樣職業的人真的越來越少了，每次見完讀者回家後就會想起他們的人生。我應該沒什麼資格能給他們忠告，無法建議他們做出我二十歲做過的果斷決定，無法推薦他們投身於藝術，賭上自己的一生。那麼對那些問我「該怎麼生活」的讀者，我能告訴他們什麼呢？

現在就算很努力，要成功也很難了。在這樣的情況下，我們所需要的不是樂觀，而是悲觀。怎樣的悲觀呢？就是悲觀的現實主義，以悲觀的角度看世界與未來，但是必須現實。要改變世界很難，要改變家庭出身也很難，我們能改變的只有自己，勵志書籍中所談的內容正是這點，改變你自己，我認為連這點都很難做到。改變自己依然不容易，如果很簡單的話，那種書就不會賣得這麼好了。我們馬上能改變的是看世界與看自己的觀點，要先拋棄無可救藥的樂觀態度，丟掉以為自己能輕易改變的急躁心情，冷靜且悲觀的正視我們眼前的現實。

二次世界大戰時戰俘集中營的相關研究顯示，其中活最久的人既不是樂觀主義者，也不是悲觀主義者，而是悲觀現實主義者。所謂的悲觀現實主義者是怎樣的人呢？他們並不會一味相信：「我馬上就能出去。」也不會相信：「我一定會死在這裡，我離不開這裡了。」而是相信：「想離開這裡並不容易，敵人也許會贏得這場戰爭，我可能永遠在這裡腐爛，或是無消無息地死去。但是直到那一刻來臨前我必須清醒地活著，所以我要先刮鬍子。你問我誰會在集中營裡刮鬍子？不然要怎麼辦？乖乖躺著等死嗎？」

這種人就是能活下來的人。連水都不夠喝的情形下，他們卻能刮鬍子、洗臉，維持個人衛生，一天一天努力地以清醒的神智活下去。沒有陷入虛幻的希望之中，也沒有為不切實際的自尊賭上性命。

悲觀現實主義者的生活很鬱悶無聊嗎？反而樂觀主義者的生活存在更多陷阱。一切順遂時樂觀主義式生活雖然不錯，不過這樣的生活一旦垮掉便無法挽回。有很多研究分析為何美國有這麼多憂鬱症患者，研究人員在過度強調「正面思考」與「樂觀態度」的社會氛圍中找到了原因。當大家都看起來很正面、活潑、樂觀，卻只有自己看起來不如他人，我們就會突然憂鬱起來。春天時憂鬱症患者變多、自殺率變高的情形也與此相關。春天的陽光和煦，新聞上也只看得見外出郊遊的幸福家庭，此時容易覺得只有自己是不幸的，結果會導致極度的憂鬱。

悲觀現實主義並不是綳著一張臉憂鬱的過活，而是正視現實，盡量從中追求意義與快樂。在這樣的悲觀現實主義之下，個人主義是必需的，因為團體免不了會偏向某一邊。想想幾年前席捲我們社會的熱潮，像是黃禹錫[3]熱潮與《龍之戰》[4]熱潮都不過是幾年前的事件，卻讓人感覺好像非常遙遠一樣。當時幹細胞好像能治療所有疾病，而《龍之戰》則好像要吃掉整個好萊塢一樣，時間過去之後，這些事件對我們的生活卻完全沒有造成任何改變。

人類是會被他人影響的生物，這是很自然的事，也是進化過程的產物。一切都要靠自己判斷會很艱辛、勞累，如果多數人朝著某處跑，我們會相信事出必有因，先跟著一起跑會比較輕鬆，會覺得不是後面有恐怖的東西，就是前面有重要的事件，所以人們才會奔跑。九一一世貿大樓恐怖攻擊事件時，雖然很多人有充分的時間逃跑，但他們接受

3 黃禹錫的幹細胞研究一度為韓國人摘下諾貝爾獎的希望，最後偽造多項研究成果與洗錢之事遭到揭發，韓國舉國譁然。

4 《龍之戰》：沈炯來撰寫、執導的韓國動作冒險奇幻電影，上映時是有史以來預算最高的韓國電影，票房上大獲成功，卻受到評論家的普遍批評。

了指示，留在自己的辦公室等待消防人員，因為其他的人也乖乖地待著。大邱地鐵火災時，直到煙霧瀰漫整個車廂為止，大多數的市民都坐在位置上，不為所動，因為駕駛員透過廣播說列車即將出發，而大家也守著自己的位置。

若要堅守悲觀現實主義，就需要與眾不同的思考方式。在納粹集中營中刮鬍子的人是多數嗎？不是。大部分的囚犯都被不實的傳聞影響，一下說聯軍已經近在咫尺，我們一週內就能被解放，一下又說，我們明天都會被拖進毒氣室，從樂觀消息到悲觀的謠言，各式各樣的傳聞動搖著內心脆弱的人與喪失控制力的囚犯。最正確的判斷是：「聯軍正在過來的路上，但不會如我們所期待的那麼快。說不定我們會死在這裡，但是不可能一次殺死這麼多人，我還有時間。」這樣思考的人雖然是少數，但他們卻是最有可能生存下來的人。

個人的獨立性思考變得越來越重要。我們原本就很容易受他人想法與行動影響，巧妙利用人類特性的新技術不斷問世。美國的大企業裡到處都是心理學家，企業是為了對學術發展有所貢獻才以超高年薪聘請這些博士級研究員嗎？當然不是，他們是想要預測我們的行動，進而操控我們。像是 Google 這樣的企業就提供所謂的大數據，大數據會從我們上傳到社群網路上的瑣碎文章開始預測趨勢。比如說，某區的人搜尋很多次流感這個關鍵字，那麼現在這區流感要開始流行的機率就很高，據說以此方式，Google 比美國疾病管制與預防中心平均早三天預測出流感的流行。若這項技術只用在如此的良善的目的上有多好，然而最迫切想要這種大數據的就是企業。美國某家超市在顧客進入賣場後會辨識顧客的臉，之後再將顧客在哪個貨架前停留幾秒全都數據化，這代表客人是否試吃熱狗、是否在進口啤酒貨架前徘徊，全都被記錄下來成為資料。他們斷言：「廣義而言，人類的行動是可預測的。」換言之，我們每天都被「洗劫一空」。他們覬覦我們的錢包，覬覦我們的靈魂，覬覦我們的未來。我們認為自己的消費是自發性的，但其實都是被行銷觸發的行為。週末去看電影的人認為是自己選了電影，但是一般來說大家一年會看幾部沒全國上映、沒企業公關票、幾乎沒宣傳的電影呢？大部分的人選電影都是根據電視上的電影宣傳節目、網路的各種廣告或編造的口碑來選擇的。

我認為把看待世界的觀點放在悲觀的現實主義之上的話，生活倫理必須以個人主義為基礎，我們必須想法異於他人，追求他人無法侵犯的內在，當我們與他人一樣而不自知時，就必須有所警覺。我想稱這樣的個人主義為健康的個人主義。我想要這樣定義所謂的健康的個人主義，就是在不侵害他人生活的範圍內保有獨立精神過活，在那之中盡可能追求快樂。這裡所說的快樂必須是不倚靠消費的快樂，不是買東西所獲得的快樂，而是做了某件事而獲得的快樂，換言之，不是從購買，而是經驗中所獲得的快樂，不是買新款相機的那種生活，而是用既有相機拍出更美麗的照片；不是買新款智慧型手機的生活，而是暫時關機後從書寫中獲得快樂。不倚靠消費所獲得的快樂，大部分都與人類累積很久的遺產有關，而這些事物之所以能流傳這麼久都有其原因，因為這些事都與藝術有關，書寫、唱歌、跳舞、演戲、畫畫，這些活動大部分都不用花大錢。經濟成長率趨近於零的時代已經到來了，歐洲國家動不動就是零或是負成長，美國若沒有移民的加入，也早就經歷這種事了，在這樣的情況下，賺很多、花很多、存很多的生活已經無法維持下去了，在如此悲觀的認知下，我們必須站在個人角度上，獨立、個別且現實地考處現在在這裡能夠享受哪一種快樂。

享受個人的快樂乍聽之下好像很簡單，但真正開始執行便會知道並不容易，因為我們成長於藐視快樂的社會中。我小時候常聽到父母說：「人怎麼可以只做自己喜歡的事過活？」我們成長於強調凡事講求名分或道理的文化中，這類文化是「以他人為導向的倫理」的文化，就算犧牲自己的快樂，也要為他人做些什麼，所以很多人週末也忙著到處參加別人的婚禮，疲於奔命，無法休息。在這種環境裡長大的人沒有感性肌力，何謂感性肌力？和身體的肌肉比較我們就能略知一二。身上如果沒有肌肉的話會怎樣？稍微運動一下就會覺得很累，很累的話就會煩躁，如此一來就會想放棄，想乾脆躺在沙發上睡個午覺。感性並非獨立的東西，身體如果不能承受，感性就會變得很負面，煩躁、火氣、憤怒都由此而生。同樣的，沒有感性肌力的人一感受到什麼就會覺得很累，小說讀起來也不覺得有趣，會覺得到底為什麼登場人物這麼多？關係為什麼要這麼複雜？然後就把書丟掉。如果不是劇情簡單的好萊塢動作片，就會馬上睡著，因為他們無法感受到樂趣，看現代美術時，也會覺得好像是孩子在開玩笑一樣。這樣的人也許會覺得工作更自在，因為工作後馬上就會有報酬，不然他們就會選擇玩遊戲或和朋友聊天。

身體的肌力能夠透過一定的訓練養成，感性肌力也是如此，不是自己下定決心說：「從今以後我要深入追求個人的快樂。」然後就能馬上生成感性肌力。而讀書也是如此，享受讀小說本來就不容易，小說是和自己完全無關的世界，比如十九世紀的貴夫人和年輕男子外遇的故事，或是一九二〇年代的美國暴發戶為了找回舊情人而奮鬥的故事，這些故事不可能一下子就觸動人心。而且小說就算讀到最後要了解主題還是很困難，換句話說，小說的主題越是難以理解，我們越能夠稱之為好小說。越是有才能的作家，越會努力將作品的主題藏好，不讓讀者輕易找到。比起主題容易掌握的小說，訓練有素的讀者更喜歡需要充分運用理性與感性，費一番功夫才能找到其真正意義的作品。要能享受閱讀小說帶來的樂趣，需要練習與訓練，電影或美術也是如此。認真地讀小說與了解電影的歷史並不是為了裝腔作勢，而是為了持續享受更高水準的快樂。

我們的感官不只需要訓練，也需要經驗。以前我參加過一個有點特別的活動，叫做「黑暗中的對話」，活動中很多人會一起進入一個完全阻隔光線的地方，因為完全沒有光線，睜眼或閉眼都是一樣的。一開始當然有點害怕，情侶一起來的話應該很棒吧，因為緊牽著手也一點都不奇怪，就算偷接吻也沒人知道。在裡面體驗跟視障者一樣的生活，會過馬路（讓你聽到車聲），也會一邊走一邊扶著牆摸索，雖然前面有帶領的人，但還是會感到不安。然後還會坐在咖啡廳裡喝飲料，點了可樂後，就會給你一杯感覺像可樂的東西，喝一口還真的很像可樂。就這樣繞了一圈出來，一看手錶我嚇了一大跳，我以為只過了十五分鐘，其實已經過了一小時，不只有我如此，幾乎所有參加者好像都是一樣的反應。在那個空間裡所有的感官都活過來了，因為無法使用視覺，耳朵會專注地聽，觸覺也會變敏銳，聽覺或嗅覺也比平時來得敏銳很多，甚至連黑暗中喝的可樂，味道也更讓人記憶猶新。這個活動讓我們知道，平時我們多麼不常使用我們的感官，平時我們幾乎只用視覺過日子，但是如果使用其他感官的話，世界看起來會完全不同，而我們的情感也會變得更加豐富。

去美術館如果看到雕塑品，我偶爾會摸摸看。有機會就會摸看看雕塑品，是因為有些東西只有摸過才能感受得到，像是摩崖如來三尊[5]這類的雕塑，腳和鼻子都會黑黑的，或是有磨損，因為想生男孩的女性會去摸這些雕塑，而希臘羅馬時代的雕塑也不例外。我們看到雕塑雖然有想摸的衝動，但知道不可以摸，所以才忍住。用手觸摸和用眼睛看是完全不同的感受，大理石和花崗岩不同，和砂岩也不同。我一開始這樣做是在丹麥的羅丹展示館裡，羅丹將人體表現得非常有魅力，我用手觸摸以大理石製成的雕塑皮膚，那個感覺我到現在都忘不了，又冰又滑，同時又很堅硬。吃第一次嘗的食物或是看到美麗的花，也一定會聞聞味道，嗅覺也是越鍛鍊越發達的感官。我們以為嗅覺是用不太到的感官，但是嗅覺麻痺的人，其實連食物的味道是怎樣都感受不太到。反正這些感官都是存在的，稍微積極一點地使用，對養成感性肌力也是有幫助的。

以前我在大學教學生寫作時，有個「五感寫作」的時間。我讓學生寫小時候最幸福的時刻，一開始學生只依靠視覺的記憶，描寫很乏味，於是我讓他們用五種感官重新描

5 摩崖如來三尊像是大韓民國國寶第八十四號，位於韓國忠清南道瑞山市雲山面龍賢里，雕鑿於伽倻山溪谷中的峭壁上，有「百濟的微笑」之美譽。

述。比如描寫和父母一起去南海岸海水浴場玩的記憶，就會這樣寫：遙遠的海平面上有海鷗群飛過，聽著海鷗群歐歐叫著，我們走進海水中，滑溜溜的海草纏著我的小腿，游泳時喝到的海水好鹹好鹹。這就是五感寫作，用五種感官寫作，文字本身就會變更好，而且我問過學生，他們說比起單純用視覺描寫，這個方法能回憶起更多當時的經驗。也有學生透過各種感官深刻地回想起過去幸福的時光，因此寫到掉眼淚。這樣的寫作雖是間接的行為，但若運用上五感，就會像驚人的虛擬實境一樣，可以喚回我們當時的記憶。養成這樣的寫作習慣，在日常生活中我們便能更敏銳地運用五感，感官、記憶與描寫是緊密連結在一起的，這些東西養成了我們的感性肌力。

肌肉發達的人就算和我們吃了相同分量的食物，也會因為基礎代謝高，而不會變胖吧。感性肌力好的人也是如此，就算感受到了很多情感，他們也不會覺得負擔沉重。為什麼說感受力強很重要呢？因為擁有自身感受的人就不會輕易被他人意見影響，專門品紅酒的人會去看別人給這支酒幾顆星來選紅酒嗎？一輩子熱愛音樂、不斷聽音樂的人，會只看別人的樂評就決定買哪場演唱會的門票嗎？我在網路書店上買書時，完全不會看讀者書評或是意見，如果讀某位作家的書曾經帶給我深刻的快樂，當時的快樂會刻在我的靈魂與肉體上，只要記住這點就夠了，這位作家只要出了新作我就會先買來看，如果對這個作品失望，這個感受也照樣會留下來。只要自己的感受資料庫充足，就不會輕易被他人意見左右，雖會參考他人意見，卻不會依賴他人。

若對世界保持悲觀現實主義的同時，也要確保倫理上健康的個人主義，那就需要堅韌的內在。只靠知識是無法建立不被他人侵犯的堅韌內在的，必須靠感官與經驗才能完成。光有知識卻沒有自己感受的人與不懂得表現自身感受的人，在某種意義上來說，很難被認定為真正的個人。比起自身感受，我們社會上大部分的人更在乎別人的想法。社會上的氛圍是，我們必須隱藏自身的情感，要了解多數人的意見。但是現在我們必須改變這一點，我們並不是他人，所以我們必須自問：「我現在感受到東西了嗎？感受到什麼？是怎麼感受到的？有徹底感受到了嗎？」

當世界上擁有堅韌內在的個體活得多采多姿時，成功與失敗的標準也會變多元。自身感受與經驗豐富的人，自然也會認同他人的感受與經驗。像現在這樣的低成長時代，與其所有人都合力走同一條路，不如讓喜好不同的人各自盡力追求自己的快樂與享受，對他人保持尊重，而這些個人再組成很多個小網絡，我認為這才是正確的方向。我從事文學寫作有很多原因，其中一個原因是，沒有一個世界能與文學世界一樣，每個作家能以自己的獨特風格，將多元的個人想法與感受傳達給讀者。

雖然賺大錢和積累名譽也很重要，但新的時代已經來臨，我們要盡量運用天生擁有的感官，學習更多事情，體會更深刻的生活，用與眾不同的方式建立起屬於自己的內在，在這個已到來的新時代裡，我們要用這種方式生活。好好感受吧！培養感性肌力吧！成為一個孤獨的個人，擁有不容他人任意侵犯的堅韌內在，相互尊重，好好生活吧！以上就是今日我想跟各位分享的內容。

如何過「今天」

任意侵犯他人界線的社會

我懷疑韓國人對自己看不上眼或與自己不同的想法，似乎不夠寬容。看到網路上的留言，我常常會想，這個人怎麼能這樣說呢？

人們很常用「應該要怎樣怎樣」的方式說話，特別是對別人說話時，不會說「那裡有什麼東西，那個東西怎樣」。比如我們不會說「那裡有個流浪漢」，而是說「應該要把那些傢伙送走」、「應該要全部清光光」、「應該要全送到收容所去再教育」、「應該要把那些傢伙送去北韓」。

寫《公寓共和國》這本書的法國地理學家瓦萊麗．吉勒佐（Valerie Gelezeau），將自己在韓國經歷的趣事記錄成書。她去了看起來即將被重劃的地方，問都市小山丘聚落中稍微靠近山腳的人對重劃有什麼想法，他們回答，不能隨意重劃開發。但是往上看比自己鄰里更靠山頂的聚落，他們就會說：「那邊真的要重劃開發，我們這裡沒關係，我們還很好，那邊是真的需要重劃。」很容易就對他人指指點點，叫別人應該怎樣又怎樣。

過年過節家族聚在一起時，「應該要讓他動一下手術」、「應該要整容一下」、「應該要減肥」、「應該要逼他結婚」，這些話親戚早就講到爛了。想想看，真的有很多這種說話方式，卻沒人發現這很奇怪，侵犯他人界線的事早已司空見慣，而朋友之間更是如此。

四十歲以後我才搞懂一件事，朋友在韓國社會中如此備受強調，卻又等於不重要。以前的我在每天都一樣的酒局裡浪費了太多時間，現在我寧可用那些時間讀書，不然就是睡覺或聽聽音樂，或是單純地去散個步也好。二十幾歲年輕時，那些朋友好像未來會永遠一起走下去，會一起經歷很多事，所以就算吃點虧也會配合他們。但是經過一段時間後，各自的喜好漸漸清楚，結果很多朋友自然就疏遠了。

經營人脈和人際關係雖然也很重要，但我認為傾聽自己內心的喜好、豐富自己的靈魂比那些事來得重要多了。

以前您就算不太喜歡但還是參加了朋友們的酒局嗎？

學生時期為了和朋友交好，我會去酒局徹夜喝酒談社團未來的事，但我發現社團這種事就算我不費心，也能運作得很好。年輕時大家難免情緒不穩，因為是人格發展完整前認識的，有時以為彼此很親近就會相互隨意對待，因為親近就可能更高壓、暴力。我應該也對當時的朋友說過過分的話、做過粗魯的行為吧。

我不記得是在哪讀到，也不確定內容正不正確，聽說吉本芭娜娜小時候沒有朋友，只會看書。她的作家父親吉本隆明是有名的學者，他周遭的人很擔心，說在日本這種社會裡，小孩子沒朋友有點危險，這樣的孩子會很奇怪，而吉本隆明說，所謂的朋友不太重要，讓孩子看看書就好，人類需要黑暗。我也有同感，人類需要的是黑暗。和朋友相處笑嘻嘻地吵鬧度日，雖然當下好像黑暗都消失了，其實只是轉化成了一種債，未來有朝一日還是要還。

廣播的隱密媒體魅力

廣播節目的樂趣還有廣播媒體的特徵為何？

不知道是否因為我是從小聽廣播長大的世代，所以我對廣播有種眷戀。廣播有很文學的一面，廣播是個人的媒體，它和電視不同。電視是羅馬競技場式的媒體，就是大家聚在一起看的媒體，比如說世界盃時，大家聚集在大街上看電視加油，就是這種性質最明顯的展現。但是現在很難想像一群人聚在一起聽收音機吧？大家都是一個人聽廣播的，廣播就像在黑夜中只播給我聽的歌，主持人說：「今天很熱吧？」自己就會跟著回：「很熱啊。」從這個角度看來廣播是很個人的東西。偶爾搭計程車時能感受到司機陷入了幸福的群體意識中，絲毫不在意乘客有沒有上車，自己開著車呵呵地笑著，完全沉浸在廣播的魅力中。廣播中主持人會念個人投稿的故事，內容就像以前爺爺、奶奶、鄰居的故事一樣，但電視不是如此，電視畫面一直變換，很難讓人投入，不僅如此，還會有人在旁邊虎視眈眈地要轉到別台去，總是有點不安吧。站在這個角度來看，廣播是文學性的媒體，就像從遙遠宇宙接收到信號的感覺。我的夢想是做深夜的音樂廣播節目，在凌晨兩點左右對著外星球壯烈地發射電波，然後再消失的無厘頭廣播節目⋯⋯（笑）

智慧型手機時代的人類群體

最容易陷入超現實事物的時期就是青少年時期，嚮往非凡的超人、強迫性地執著於零失誤、渴望完整性，我認為這類傾向在十幾歲的人身上最顯著。二〇一二年引起社會注意的「死靈社群」[6]相關殺人事件，就向我們展示了十幾歲的人有多容易受超自然世界影響而深陷其中。

我的小說《我聽見你的聲音》中，傑伊算是透過東奎這個人物「口述」而成型的人物，一個少年透過另一個少年的視角描述出來，其中就可能產生雙重的誇大，這是極其自然的事，也是二十一世紀的現在到處都正在發生的現象。一個人在自己無法承擔的大眾期待中，被認定成一個與自己完全無關的人物，因而走向毀滅，這種事在以偶像為主的演藝界最常發生，連成人的政治世界中也不少見。因此我們應該不用完全相信透過東奎口述出的非凡傑伊，不過我認為傑伊以機器、感測器、裝置的型態定義自身存在可能是有

6 死靈社群：指南韓一對十幾歲的情侶在超自然類社群「死靈社群」上活動，女方深陷於社群活動中，男方因不認同社群，與女方及會員發生嫌隙，而後被社群成員殺害的事件。

意義的。

不久前我在路上走著走著，突然觀察起了坐在長椅上的人，大家都用相同的角度低著頭，手裡拿著智慧型手機向下看，走在路上的人也是，坐在地鐵裡的人也是，所有人都用相同角度低著頭，不知道原委的外星人站在文化人類學的觀點來觀察，也許會誤以為是什麼宗教儀式。這麼一說，賈伯斯死後，他的形像成為聖人標誌或引發全世界哀悼浪潮，乍看之下這些事也具有靈性的一面。我懷疑賈伯斯在文化、藝術或技術上是否真的有巨大貢獻，我覺得大家對他如此瘋狂似乎很奇怪，因為洗衣機讓女性從繁重的家務勞動壓迫中解放，而火車跨越了地理的限制，開啟大量運送物品的時代，但對於 iPhone 或 iPad 是否引發這種革命性變化，我目前還無法肯定。對於賈伯斯的瘋狂悼念，實際上與成果是無關的，只有機器在現實中被定位為靈魂崇拜對象時，才能理解這種狂熱。

古代人類為了接收天上來的信號立了巨石與長桿，而現在只要手裡拿著手機虔誠地低頭看就可以了，這樣一來「信號」就會降臨到人們身上。與其說賈伯斯製造了什麼厲害的有用東西，不如說他創造了一種思想意識，讓大家整天都盯著這四角型的機器。

從某些角度來看，未來將無法清楚分別人類與機器（機器人）。到目前為止智慧型手機似乎沒有把人類變更聰明，而是很聰明地囚禁了人類的感覺。所謂的智慧型手機，是需要人類輸入者（操作者）的機器，但是如果智慧型手機太過於日常化，人類與智慧型手機就會一體化成為同一個機器，人類的功能就只是讓資訊通過的節點，或只是這個機器的控制板而已。收到資訊，確認後傳到別的地方，這件事機器人也能做得很好。這件事只能讓人類做的原因很簡單，因為只有人類可以付錢。

變得討厭旅行

最近我已經不像以前那麼喜歡旅行了，尤其不想再以走馬看花的方式旅行。很多旅遊作家都同意，像樣的旅遊景點已經剩沒多少了。九〇年代前半期時，在峇里島還有很多接雨水洗澡的地方，每個旅遊景點都曾有各自的特色，但是現在的旅遊景點已經被均質化了。自從第二次世界大戰後，一九八〇年到一九九〇年是歷史上最適合旅行且旅行最安全的時期，沒有危險的國家，沒有食人族，沒有恐怖份子，只要避開戰亂地區就可以了，但是現在去哪裡都覺得危險。說起來也很矛盾，但某些人的主張很另類，他們說反而是蓋達組織與恐怖主義讓旅行變得像旅行，古代或中世紀朝聖者的旅行方式又回來了，想要旅行就要賭上性命的時代又回歸了。總之在這安穩的四十年間，美國與西方國家的旅人將旅行文化均質化了，無論你去到哪都會有純白的床單，不論去哪都是美國風。旅遊景點變得都很相像，因此旅行特有的緊張感與興奮感都迅速消失了。像《孤獨星球》這類的旅遊指南，也對這種趨勢有所貢獻，只要《孤獨星球》指出某地的祕境，那裡幾年間都會很熱鬧，看看廣為人知的神之國度峇里島，或是拍過電影《海灘》的披披群島就能懂我的意思。

現在我對其他方式的旅行感興趣，那就是在某個自己有興趣的都市長期停留，例如在羅馬這種地方找個住處待很久。從對傳統旅行感興趣，轉換成對「散步家的旅行」感興趣，與其說是旅行，更接近一邊移動一邊過日子的生活。

選擇流浪的生活

選擇流浪的生活會獲得什麼意義嗎？

流浪的生活沒什麼所謂的意義，而是又累又孤獨的。我認為在自己出生的地方，跟自己很了解的人們相親相愛地過著生活，最後在那裡結束一生的人，是最幸福的人。

如果只能再活十年的話？

很多人的夢想是冒險，不過目前還不到真正實行的那天。您看起來似乎是照著自己想要的方式，毫不猶豫地過著自己想要的生活。對這些人來說，怎樣才能培養「行動力」呢？

我常常這樣想：「如果只能再活十年的話，我要幹嘛？」如果現在是四十三歲就假設自己五十三歲死好了，這樣一來就能理清楚人生的優先順序了。首先，我不會去參加各種婚喪喜慶了，朋友的小孩的滿周歲？不去。也許這個訪問我也不會做了。誰都想要盡情地只做自己想做的事過活，而這件事對我來說就是寫小說。十年的話，最多也只能寫個四、五篇小說，應該沒多餘時間做其他事了吧。

但是這段時間可能還會稍微再縮短一些，「如果只能再活五年呢？」我認為我們應該要不斷問自己這種問題。好像有答案的時候就再繼續問：「如果只能再活兩年呢？」我的話，在所有情況下最先想到的答案都是寫小說。老婆聽到我這樣講，她說：「你真的很幸福，不管十年、五年、兩年，你的優先順序都一樣！」

我問過我從事藝術工作的朋友相同問題，他回答：「只能再活十年的話，好像也跟現在沒什麼不同，還是要養家，因為也沒什麼特別要做的事，就會繼續做現在的工作吧。」我再問他：「只能再活五年呢？」他的答案依舊一樣。但是問到「只能再活兩年呢？」他回答：「當然要做模型囉。」他從小就喜歡模型，為了有空的時候能做模型，他買了很多囤著，如果只能再活兩年，他就要馬上做那些模型。聽到這番話，我覺得這位朋友的人生看起來沒有那麼幸福了。所以我這樣對他說：「那不是應該現在馬上去做這些模型嗎？你說不定兩年後會死掉啊。」

假設只能再活十年，然後也爽快地活過了那十年，結果十年後還活著的話該怎麼辦？

那就再延長十年就好了啊。

貓咪的優雅生活

聽說您有養貓。如果養了寵物，看事物的角度也會不同，養貓後有什麼不一樣的地方嗎？

我們都知道貓很特別嘛，雖然所有動物都很特別，但貓又不太一樣。看牠們很安靜、沉著地坐著，好像可以稍微反觀一下人類，人類總是不停地在做些什麼，窸窸窣窣的，和貓一起生活過才知道原來我很心煩意亂。人類看到星星就會變謙遜，貓也有這一面，但是貓又跟星星有點不同。貓即使比我們早死，比我們小又沒力氣，但卻比我們優雅多了，這點會讓我反省自己。

寵物的存在反而能帶給人類一些啟發啊。

因為貓和我不一樣，在只有人類存在的世界裡，我們就不需要思考人類的本質了，但是因為人是和其他動物一起生活的，我們自然就會思考人類看起來像是怎樣。人類歷史上最古老的故事大多是神話，但是神話總是一直在說動物的故事，這不正說明了人類是從哪來的嗎？

和寵物一起過的生活是怎樣的呢？

人類很需要卻缺少的部分動物會補足，例如，長大成人後我們不太做親密的行為，我們不會看到爸爸來了就上前舔他（笑），但是狗會這樣做，彼此本性中缺少的部分會因此相互補足。還有，我看到一個最近受到討論的話題，從小和動物一起長大的孩子免疫力也會更強。被隔離在只有人類的環境過著一塵不染的生活其實更奇怪吧，我們是從動物進化而來的，一起生活、共享很多東西，我認為這對我們來說也是很自然的事。

自我解放的寫作

二〇一三年五月，CBS《改變世界的十五分鐘》演講

我們為什麼還在寫作呢？為什麼還不停止寫作？人類寫作已有幾千年的歷史了，現在能不寫了吧？不是已經二十一世紀了嗎？寫作不僅只是個老舊方式，對肉體和精神來說，寫作都是件很累人的事，必須好好地坐在桌前，一動也不動，必須努力地忍耐，長時間坐在位置上默默地寫，最終才能獲得成果，而這就是寫作。最近世上有趣的事多麼多啊！但是為什麼現在依舊有不少人不放棄寫作這種沒什麼回報又累人的事呢？這麼一想，這件事實在很驚人，全世界依舊有很多人主動坐在書桌前體驗這個苦行，到底是為什麼呢？

如果拍攝一部以小說家為主角的電影，導演會很苦惱，因為沒有畫面。如果拍的是舞蹈家，就會有畫面了吧，美麗的身軀跳躍、旋轉，然後再優雅地落地，光是想像就覺

得很美。如果是畫家，當然也會有畫面，想想梵谷或巴斯奇亞（Jean-Michel Basquiat）那種人，那會是瘋狂地在牆上揮灑著顏料的畫面。如果拍的是音樂家，也很有畫面，不是揮舞著指揮棒，就是敲著鋼琴琴鍵。但是如果拍的是作家呢？作家會坐在書桌前一動也不動，如果是以前的時代，也許還能唰一聲從打字機上抽出紙張把紙揉爛，但是現在連這個畫面也很難出現了。只有一個人頂著烏龜頸坐在電腦螢幕前，游標在空白的畫面上閃爍，敲了幾下鍵盤，又再用退格鍵刪掉，無限反覆著，然後偶爾伸個懶腰、抓抓頭。大概就只有這樣，看的人真的都要打哈欠了。

不知道是否因為整天坐在椅子上的關係（有研究指出，如果一天坐在椅子上八小時，就算去健身房運動一小時也會毫無效果），還是因為趕截稿的關係，聽說寫作還會讓人壽命變短。圓光大學的金宗仁教授，他曾經用報紙上刊登的訃聞研究從事各項職業的人壽命長短（此研究參考一九六二年到一九九三年的資料，我們必須了解，研究內容顯示的數字會比現在的平均壽命稍微短一些，但單看名次來比較還是有意義的）。根據研究顯示，最長壽的是宗教界人士，壽命平均八十歲，金宗仁教授還評論說，也許是因為來自家庭的壓力比較少。接著則是平均壽命七十歲的政治人物，他們會接觸到很多人，面對所有事情都說得很肯定，做這種職業的人很長壽實在很有趣，這些人應該都不會在書桌前坐很久。不幸的是，作家、撰稿人是最早死的職業，平均在六十歲的年紀早逝，雖然現在應該會活得比當時還久一些，但我從事的就是最早死的職業，對我而言這項統計真的很讓人沮喪。我懷疑也許只有韓國是這樣，所以就去查了資料，日本福島縣立醫科大學也有類似的研究，研究結果幾乎一樣。那裡的第一名是宗教界人士，第二名是政治人物，最後一名也不出所料，也是作家。

無論如何，寫作是健康的敵人，這點應該是很明顯了，我自己就是如此，寫小說時血壓會升很高，只要一停筆就會降回來。保險公司應該要調整特定職業的費率，或應該拒絕作家加保，加入保險時最好這樣問：「有沒有類似滑翔翼或是潛水這類危險的興趣呢？」接著問：「工作上會定期寫作嗎？」也許他們應該加上這種問題。

這項工作又累又無聊，甚至危險，人類為什麼不停止做呢？不要說停止了，做這件事的人可能還增加了呢。由於網路普及，在部落格等地方寫作的人變多了，同時，跟以前任何時代相比，寫作已變成一種普遍的活動。文學類的寫作單看數量的話絕對沒有萎縮，每年新春文藝獎的季節一到，就會收到來自全國的數千篇短篇小說，而詩則是這個數量的好幾倍。根據新聞報導，二〇一二年光《東亞日報》就收到了七千一百四十七篇作品了，因此最少也有數萬名還沒有登上文壇的人正在寫作。其中只有幾十人可以獲得新春文藝獎，其他的數萬名投稿者則沒有獲得任何報酬，相約明年再見。

我以作家身分生活，今年[7]已經是第十八年了。正式登上文壇前，我也會幫雜誌寫作收取稿費，我用那些錢付大學的學費，還賺了生活費，所以連同這些經驗都算進去的話，我可以說是靠寫作討生活已逾二十年了。當然在這之前也會寫作，雖然主要不是寫日記就是寫情書，不過也練習寫了小說。回顧過去，我在當兵的訓練中心時也寫作，當背包客旅行時也寫作。寫作不分地點，我在火車上、飛機上、圖書館裡、朋友家的書桌上、民宿的席地矮飯桌上都寫過，現在我也是不分時間、不分地點地寫作，因為寫作是

7　本書在韓國是二〇一五年出版的。

一個無論在任何地方，都能以最便宜的花費就能做的工作。

在極端的情況下，人類還是會寫作。想征服南極點的英國極地探險家羅伯特．史考特（Robert Scott），他的日記就很有名。南極點有多冷？他們的裝備有多弱？因為對南極不太了解，他們選擇了馬作為托運行李的動物，馬沒辦法在滑溜的冰面行走，也不耐寒，所以一抵達就死了。當時他們穿的衣服不是現在登山家愛穿的那種以高科技材料製成的戶外運動夾克，而是英國羊毛所織成的大衣，這種羊毛大衣一遇雪就會吸水，變得像石塊一樣沉重。他們的探險有多麼困難啊？即使如此他們依舊在費盡千辛萬苦後到達南極點，不過在他們抵達前，挪威的探險家羅爾德．阿蒙森（Roald Amundsen）早就到達過南極點了，得知這個消息後他們感到很氣餒（羅爾德．阿蒙森是在極地長大的，而且他有耐寒的狗）。但就算是如此絕望的時刻，羅伯特．史考特依舊記錄下了所有事情，為什麼呢？因為除此之外，他沒有其他事可做，如果連寫作都不能的話，他就會撐不下去。例如，他寫下了以下文字：

「十二點三十分埃文斯的手惡化得很嚴重，我們搭起了帳篷……颳起了強風，空氣中充滿不知從何而來的溼氣，我感覺寒氣瞬間刺進骨頭中……『上帝啊！這裡的環境真的太惡劣了，如果沒有回報，沒有所謂的第一征服者，我豈敢有邁出這一步的念頭。』」

羅伯特．史考特《南極日記》朴美敬編譯
打開世界之窗出版社，二〇〇五年出版

一九九五年十二月八日，法國的世界級時尚雜誌《Elle》的編輯尚．多米尼克．鮑比（Jean-Dominique Bauby）因腦中風暈倒。在世界的時尚中心巴黎當《Elle》的編輯，生活真的很精彩華麗，每天都過得很有活力，與時尚界的大咖交流並主導全世界的時尚，對自己肯定是無比自豪的。不過出事後，所有情況發生了一百八十度的改變。雖然他在三週後恢復意識，卻已是全身癱瘓的狀態，全身上下可以動的地方只有左眼皮而已。左眼皮能做什麼呢？尚．多米尼克．鮑比重新開始他做了一輩子的事情，他開始寫作，眨眼二十萬次以上，花了十五個月寫出《潛水鐘與蝴蝶》，這本書出版八天後，他就因為心臟麻痺過世了。他的肉體被困在潛水鐘內，然而他的靈魂卻變成蝴蝶翩翩飛舞。生命的最後他只做了一件事，那就是寫作，而透過《潛水鐘與蝴蝶》這本書與同名電影，我們才知道他的人生故事。

眨眼二十萬次，花十五個月寫出一本書，這算是慢得很讓人鬱悶嗎？事實上，就算我的快手可以一分鐘打三百字，我也曾經幾個月連一句話都寫不出。不只我如此，世界上很有多作家都曾遇過寫作瓶頸（Writer's Block），因而常常感到痛苦。相較之下尚．多米尼克．鮑比的速度絕對不算慢，他用急切的心情執著地寫下一句句話，最終集結成了一本書。

還有好幾位靠眨眼寫書的人。一九八〇年代，日本一位叫水野源三的詩人就是靠眨眼寫完一本詩集出版。

索忍尼辛經歷過西伯利亞集中營的酷寒，奧地利心理醫師維克多．弗蘭克（Viktor Emil Frankl）在納粹的統治下，體驗過最惡名昭彰的奧斯威辛集中營，他們都記錄了自身的經歷。在人類變成惡魔打壓其他人的地方，在那裡度過漫長歲月的人，或是經歷人類歷史上最驚悚時刻與殘忍鎮壓的人，他們都留下了許多文字紀錄。

有許多文學作品都是在戰場上完成的。參加過西班牙內戰的喬治・歐威爾（George Orwell）與海明威（Ernest Hemingway）都寫過戰爭，如果沒發生改變歐洲歷史的西班牙內戰，《向加泰隆尼亞致敬》或《戰地鐘聲》都不會誕生。不僅在戰場上如此，人們在監獄裡也寫出了巨作，《唐吉訶德》與《馬可波羅遊記》等作品就是在獄中完成的。

耶穌死後，失去精神所依的弟子四散到各處，在死亡威脅下躲藏著過活的他們做了什麼事呢？寫福音書，他們寫了馬可、路加、馬太、約翰福音。雖然他們各自的職業不同，但行動卻一致，他們都寫作。而被處以宮刑的司馬遷也在遭受恐怖刑罰後，花了一輩子的時間寫下了《史記》。

總之，不管環境再怎麼惡劣，不管情況再怎麼恐怖，不管那個時刻再怎麼絕望，人都會寫作。為什麼呢？因為唯有寫作能留給人類最後的自由與最終的權力，被奪走一切的人也只能寫作了。只要眼皮可以動人類就可以寫作，體驗過最卑劣人性的人也只能寫作，精神與肉體都被殘害的人也只能寫作。反過來說，只要能寫作我們就活著，我們就還沒死，還沒有被完全擊敗。寫作是一個人在任何被迫害的情況下，能夠保護自己的最後手段。迫害者向來就很害怕會寫作的人，因為他們就是拒絕屈服的人。

寫作也能將我們從自身的禁錮中解放，因為寫作時我們自己會改變，寫作會讓我們面對那些寫作前還不知道的事與逃避的事。

我在大學教學生寫作時曾經這樣教課，我讓學生圍成一圈坐下，開始寫題為「我原諒」的作文。因為是以「我原諒」當作開頭，後面自然而然就會接著寫出目前為止自己很難原諒的事件或回憶。比如中學霸凌過我的某人，在其他朋友面前毀謗我，並為了折磨我而慫恿他人撕壞我書包，現在我原諒你了。當時大概就是要寫這樣的內容，不一定要寫事實，就算是寫虛構事件也沒關係。但是當學生一寫下第一句話，他們就很驚人地深陷其中，而我也能感受到這點。透過寫作他們馬上開始面對痛苦的記憶，沒過幾分鐘，就有學生寫不下去而跑了出去，還有學生說：「我還無法原諒那個人。」因此放棄寫下去。我都說沒關係，因為我不是宗教領袖，而這也不是逼迫大家要原諒人的大會。我想告訴他們的是……不，應該是說，我自己透過這堂課所學到的是，寫作的力量。寫作將我們忘卻或想忘記的過去，清晰地帶回到我們眼前。我們可以把一個人自身的過去比喻為陰暗的地下室，而寫作就像是打開地下室的門一樣。為什麼需要這樣的動作呢？埋藏起來不行嗎？一定要重新回顧嗎？

寫作是一個字一個字寫的，寫得再快的人也無法一次撒出十個字。一個字一個字寫才能完成一個詞彙，集結一個個詞彙才能完成一個句子，就這樣一個個句子照順序累積下來才能完成一篇文章，這個過程出乎意料地重要。字從左寫到右，一個字一個字地寫，在寫作的同時我們產生了變化，一點一滴累積起來。埋藏在我們內心的創傷與陰暗情緒非常可怕，一旦揭開簾幕，也許意外地是沒什麼了不起的小事，但當我們將怎樣都無法表現的情感，一個字一個字地化為言語時，我們就能沉著冷靜地放下了。語言是邏輯的產物，所以再怎麼複雜的心境都要依照語言固有的邏輯，也就是說，寫下來時必須要有邏輯。在這個過程中，我們變強了一些，內心的陰暗與茫然的恐懼就失勢了，這就是寫作所擁有的自我解放之力，對抗我們內在的恐懼、偏見、軟弱與卑劣，力量就此產生。

在這場演講的開頭，我說過作家的壽命很短；儘管作家的壽命很短，但退休時間卻是不定的，沒有所謂前作家的說法，我們永遠都是現役作家。很多作家在臨終前一刻都在寫作，甚至還在計畫下一部作品。臨死前是人類最脆弱的時刻，能夠在這樣的時刻都在寫作或是思考著寫作，就是還沒完全潰敗的明確證據。若以作家的平均壽命來看，能預測出我往後的人生所剩不多了。即使我不能預測我的死法，但有件事是肯定的，那時我一定在寫作，而我的作家同事大概也都是如此。

寫作是上帝允諾人類的最後自由，也是任誰都無法侵犯的最終權利。透過寫作我們能面對世界的暴力，培養內在的力量，也正視自身的內在。我認為此時此刻也肯定有人，因為不寫些什麼就無法承受，所以才坐在書桌前。在這些人之中，一定有人在職場、學校或家庭裡，受過非人的對待，或肉體、精神上的虐待。你們並不孤單，在達到極限時倚靠寫作這個最後手段，你們並不是第一人，也不會是最後一人。我想對這些人說，不管是什麼，先寫下第一個句子吧，也許能改變一切也說不定。

第二部　以藝術家身分過活

心中的紅筆

藝術家的兩種愛

人類有兩種愛，這應該是作家艾倫．狄波頓（Alain de Botton）說過的。一種是理直氣壯的愛，也就是兩性之間的愛。另一種愛則無法理直氣壯，是關於認可的愛。這是見不得人的愛，所以大家會隱藏起來。我們想要大聲吶喊說：「我不是很會唱歌嗎？小說寫得不是很好嗎？」但這樣做會挨罵，於是就裝作沒這種欲望，隱藏著想被人認可的欲望過一輩子。

只有畢卡索與白南準[8]這種例外的天才才能展現這個部分。有人問畢卡索，成功之後感覺怎樣，他說：「因為我很年輕就受肯定，才能做其他有點大膽的嘗試，早年成功對藝術家來說是種福氣。」不過很少人能對這部分保持超然，大多會因隱藏而更痛苦。

---

8 韓裔美國藝術家，運用多種不同媒介來創作並加以聯結，被譽為錄像藝術之父。

因為隨時光流逝，第一種愛會消逝掉很多，然而第二種愛仍會持續進行著。

給寫作老師的一些話

對寫作充滿苦惱，苦惱著該怎麼教寫作、該怎麼學寫作的人，我想他們最缺乏的應該是自信心吧。大部分的人要當作家並不容易，但活在網路文化中，寫作已經是我們生活的主體了。請問您會給這些人怎樣的建議呢？

文學獎對我的影響是好的。雖然聽別人說過，如果給錯獎會毀掉一位作家，但我認為並不是這樣。我的意思是，對寫作的人來說，鼓勵是非常必要的東西。文字其實是很危險的，把內心話攤在陽光下，對誰來說都是很可怕的事，應該很多人都經歷過這樣的問題，如果我這樣說，別人不會罵我嗎？不會被教訓嗎？結果就不寫了。寫小說就是要把自己內在的某個東西掏出來攤在陽光下，是極其危險的行為，所以任意批評會扼殺掉內在的幼小藝術家。我認為真正優秀的寫作老師，是能至少點出學生的一項優點加以稱讚的老師，對學生說：「你怎麼能想出如此有趣的敘述方式，你真的很會寫，再寫寫看吧。」

大家都會想批評他人的文字並指出錯誤，但那些批評他人文字的話語，就會像迴旋鏢一樣回到自己身上，而稱讚、誇獎別人的話語，同樣也會像迴旋鏢一樣回到自己身上。所以容我冒昧地給寫作老師一個建議，丟掉紅筆吧！準備一個「你好棒」印章（笑），然後瘋狂地蓋章，還要給某些孩子蓋上兩個章。

反正文字是展現自我的工具，是為了自我陶醉而寫的。老師能批改的文字是論文那種批判性寫作，或講邏輯的理論性寫作，應該沒必要用紅筆批改學生表現自我情感的文字。如果老師用紅筆刪改表現自我情感與快樂的文字，學生就不會想再寫作了。

藝術學校的教學法

金英夏作家應該是給學生很多自由的老師，但是實際上文學創作課的學生都一致認為您是很嚴格的老師。您對教學工作有個基本看法吧，應該有您自己的教育哲學吧？

我認為藝術學校的老師需要適時扮演反派角色，如果老師先表現得自由奔放，學生就沒有搞怪的餘地了。老師要讓學生很累，學生才會對身為藝術界前輩的老師產生反感與叛逆心，才能說出這種話：「那傢伙說的話才是真理嗎？藝術到底是什麼？很會拿學分就是藝術嗎？」老師如果說：「唉呦，藝術算什麼？只要享受人生就好了，就好好享受大學生活吧。」那麼學生就會真的開始彷徨，無法對任何人訴苦。

我們想像一下更莫名其妙的情況。我們禁止文學創作系一年級的學生寫小說，三年級才開始讓他們寫短篇小說。如果一、二年級寫小說被發現的話，三年級的學生就會來揍人，罵道：「你這算是小說嗎？」學弟辯稱：「不是，這是日記。」又罵：「哪有人日記用第三人稱寫的，你這臭小子……」如此一來，學生內心對藝術的渴望自然就會被點燃了吧。三年級貿然挑戰長篇小說的話，學長讀了前段部分指出：「這好像是長篇小說的開頭耶？」然後學弟就辯解說：「不是，這是短篇小說。」那學長就會說：「不可能，人物太多了，你寫的明明就是長篇，是硬要拗成寫短篇吧？」然後再揍他一頓……。這樣經過三年，最後才給他能自由寫小說的機會。當然以上只是玩笑話。

我為什麼會這樣說？我認為在文學創作系裡，學生太早就被強制寫作，而且也被強制寫太多了，甚至在放假期間還會出寫小說的作業，如果沒寫完作業，還會逼迫學生抄寫現有作家的作品。這樣學生就會反抗，不想寫，因為反抗是年輕人的本性。在學校一直逼他們寫，所以他們就以不寫的行為來反抗，喝酒鬧事畢業後，結果沒寫出任何東西。因此，比起強制學生寫完整的小說，我所堅持的理念是，學生必須認真描寫人物，並要看很多書。在學生還不成熟的狀態下，四年間每學期都要他們寫出小說，我懷疑這究竟是否是好做法。對某些人我們必須演一齣戲，演戲，然後不斷地拖延他們的欲望。

現在，馬上成為藝術家吧！

二〇一〇年七月，TED首爾演講

今天的題目是「現在，馬上成為藝術家吧！」一打開這種話題就會出現抵抗的聲音，各位不也是嗎？現在能馬上成為藝術家嗎？藝術？什麼藝術？

沒錯，現在無法馬上成為藝術家的理由有千百種，藝術豈是隨便誰都能做的，現在應該要進職場工作，先養大孩子之後再說，哪能只做自己喜歡的事啊！

一般人光聽到藝術就會畏縮起來，覺得藝術是具備超強的天分或是受過專業訓練的人才能做的，難道真是如此？在場的各位難道已經離藝術家之路很遙遠了嗎？我不這麼認為。這就是我今天要談論的主題。

出生時我們就都是藝術家了，家中有小孩的人一定能馬上體會。孩子們無時無刻不在創造藝術，一刻都不停，邊看電視邊跳舞，或是用蠟筆在壁紙上畫畫。沒錯，如果這不是你的孩子，那在你眼中，他的舞蹈和繪畫水準簡直就慘不忍睹，孩子們會跳一跳就跌倒，牆壁會變成亂七八糟的塗鴉牆，而且他們還會唱歌、演獨角戲。

有些孩子會開始說謊。家長聽到這句話會震驚，想說：「什麼？你居然說我家可愛的孩子會說謊？」當然會啊，但孩子們的謊話正是藝術的源頭，那一刻就是他們開始講故事的時候。「媽媽，我今天在遊戲室看到外星人耶。」孩子的謊話會以這種方式開始，這時家長如果責備說：「什麼？你這小鬼在說什麼鬼話啊？」孩子就會畏縮。如果換一種方式問說：「是喔？你跟外星人說了什麼？」孩子就會想下一句話讓故事接續下去。當然，這個故事肯定很幼稚且無厘頭，但孩子們要想出含有虛構成分的句子，接著再想下一個句子，然後再想下一句……，這件事本質上跟我這種職業小說家所做的工作沒有不同。

根據法國學者羅蘭・巴特（Roland Barthes）的說法，福樓拜（Gustave Flaubert）不是在寫小說，只是將一個句子連結另一個句子而已。沒錯，小說基本上就是接著前一句，合理地寫出下個句子。剛剛的那個孩子也不是要騙媽媽，而是在編一個故事。你們看一下這個句子，「一天早晨，葛雷高爾・薩姆沙（Gregor Samsa）從焦躁不安的夢中醒來，發現自己躺在床上，變成了一隻大得嚇人的蟲。」這是現代主義文學的巨作，卡夫卡（Franz Kafka）《蛻變》的第一句。如果家長對說出這句話的孩子說：「不要說鬼話了，人怎麼可能變成蟲啊？」那就不會有接下去的句子了。

「是喔？然後怎麼了？」這樣問的話，當孩子開始回答這個問題，這一刻就成了說書人誕生的魔法時刻。

不論如何，孩子們就是會創作藝術，而且他們非常樂在其中，絲毫不覺得疲累。不久前我去濟州島海邊休假，看到孩子們在沙灘上用沙創作出各式各樣的東西，而父母則用各種方式勸阻，「漲潮就會不見」、「手會髒掉」、「不餓嗎」，然而孩子依舊沉浸於沙雕遊戲中。這是沒有任何報酬的事，也不是職場上主管逼他們做的，但孩子卻做得很開心，孩子們懂藝術帶給我們的原始快樂。那各位的兒時是怎樣的呢？我在學校教學生時，有時會讓他們寫自己年幼時最幸福的經歷。令我驚訝的是，很多學生想到的幸福時光都與藝術體驗有關，在學校表演戲劇，學鋼琴時和朋友一起四手聯彈，第一次洗出用底片相機拍的照片。當時所體驗的藝術是幸福的，因為它還不是一項工作，而是一種遊戲，所以才很有趣。

法國作家米歇爾．圖尼埃（Michel Tournier）說過這種頑皮話：「工作不符合人類本性的證據就是，工作會越做越累。」沒錯，工作很累人，那遊戲呢？遊戲很好玩，能熬夜玩下去吧。小孩的藝術創作只是為了讓自己開心，把藝術當成遊戲，不是為了要交貨給客戶而畫，或為了生計而彈琴。啊，我突然想起有個孩子不一樣，大家應該也都認識，七歲開始就跟著父親一起遊歷各地演奏，那就是莫札特。嗯……我們把這種天才當作例外吧。

但是從某一刻開始，藝術這項屬於我們的幸福遊戲悄無聲息地結束了。首先，要去補習班上課，從早到晚都要讀書，從此之後上鋼琴課、芭蕾舞就不再開心了。當了小學生後還在牆上畫畫，大概就會被趕出家門吧，美術課有固定的時間，有時還有定好的目標。年級升得越高，就只允許要去讀藝術大學的孩子從事藝術創作，即使不一定如此，但藝術的自由奔放也開始被壓抑了。

國中二年級時，我跟著學校一起去景福宮參加寫生大賽，不知道為什麼我不想畫眼前的美麗宮闕，我只用黑色塗滿圖畫紙。這時有人從後面拽住我的耳朵，轉頭一看，是我的班導，他一把抓起我的畫問我：「你現在在畫什麼？」我馬上胡亂編造地說：「這是沒有月光的漆黑夜晚，烏鴉站在樹枝上叫的畫面。」結果老師不僅沒有對我說：「原來英夏雖然沒美術天分，但是有說故事的才能啊！」他還直接罵我：「你這小子，叫你畫畫你還跟我開玩笑啊？過來！」然後罰我咬著圖畫站著。當場還有很多別的學校的女中學生，簡直是丟臉死了。

之後我去了歐洲的現代美術館，那裡掛著很多跟我畫過的畫很像的單色抽象畫，我感到有點冤枉，心想：「什麼啊？類似的東西也很多嘛！」當然那些畫家不像我這樣會寫下烏鴉怎樣又怎樣的奇怪故事，大概就只是酷酷地標上《無題》（*untitled*）。二十世紀現代美術是在完成奇奇怪怪的作品後，用煞有其事的名稱與說明加以包裝，無論如何我都不認為這與我的烏鴉作品在本質上有很大的不同。不是還有把腳踏車把手與座椅黏在一起，說這是《牛頭》的畢卡索（Pablo Ruiz Picasso）嗎？還有把馬桶放進美術館，強辯說這是《噴泉》現成品的杜象（Marcel Duchamp）。之後畢卡索還這樣說：「我畫的不是我所見的，我畫的是我所想的。」這句話要是我國二就知道，應該就能和老師爭論一下了，可惜面對藝術的壓制者，我們內在的小小藝術家早在擁有充分知識與力量之前就已經死掉了。

小小藝術家就算死掉了，小時候被壓抑的快樂會像化石一樣模糊地存在我們心中，但如果公開宣揚，他又會再度受周遭的人打壓，因此成人被壓抑住的藝術欲望多少長得有些陰鬱。有人在ＫＴＶ裡藉著氣氛獨自沉醉在歌曲中瘋狂吼叫，或是在舞廳踩著舞步避開別人的視線，而必須講故事的人則是徹夜在網上酸人，煞有其事的流言也就是這樣產生的。觀察一下周遭，我們會發現，有趣的藝術體驗都是為孩子設計的，所以偶爾會看到某些爸爸在照顧孩子時，玩得比孩子更認真，認真地跟孩子搶樂高和模型來做，結果被老婆念一頓。

我們內心對藝術的衝動只是被壓抑，並沒有消失。這些被壓抑的衝動不僅沒有消失，還會往負面的方向走。韓國人都聽過這首歌：「真希望我能上電視，真希望可以。」上電視有什麼好？應該會變有名吧。但是，不只是這樣。電視上充斥著很多人，做著我們想做卻做不到的事，演戲、唱歌、跳舞，他們盡情展現自身的才能。看著看著我們會漸漸生起氣來，說：「那算什麼演技？演技真爛。唱歌都不會唱當什麼歌手？這才不是跳舞，是韻律操吧。」一邊罵一邊轉台。並不是因為我們很邪惡才產生忌妒心，而是因為內在的小小藝術家被囚禁在內心深處了。

那麼我們該怎麼做呢？沒錯！現在，馬上開始我們自己的藝術創作，關掉電視，切斷網路，馬上開始。沒有什麼是因為長大就不能做的，沒有必要因為自己沒有從事藝術創作的命就逃避。我在大學教學時，有一堂有趣的課叫「演戲」，這堂課會集結所有演劇院學生的力量，製作出一部短劇。特別的是，學生們必須盡量負責不同於自己主修的角色，比如說很會演戲的學生去寫劇本，很會寫作的編劇系學生去演戲，舞台美術的學生也要上台演出，剛開始很彆扭的學生，之後都很開心。我在很多地方見過一演戲就瘋狂投入的人，軍隊裡、學校裡，還有在職場上也是，就算只是做一齣很短的鬧劇，大家都會開心地投入其中。

大學一年級時，我曾經慫恿同系的同學和我一起修音樂大學的義大利聲樂課。這真的不簡單，其他音樂大學的學生只要看一眼樂譜就能跟著唱，而管理系的我們最少要在一小時前到音樂大學的大廳，說服一個在大廳閒晃的音樂大學學生進練習室幫忙彈鋼琴伴奏，跟著伴奏練習我們才勉強能跟上這堂課。不過這堂課學到的義大利聲樂歌曲到現在我都忘不掉，而一起學唱聲樂、一同分享快樂的朋友，到現在也都將這份記憶當作大學的幸福記憶珍藏著。

寫作也是如此。我所教授的課堂上也有很多非本科系的學生，我會發白紙給學生，定下適當的題目，例如「請寫出人生中最難過的記憶」，而我規定他們得瘋狂地寫，一旦寫下第一句就不能停頓，要趕著繼續寫下去。最近學生大多習慣用電腦寫作，但我要他們手寫，而且還要在教室裡和其他學生一起寫。他們看起來有點抗拒，然而只要寫下第一句，接下來速度就會漸漸加快。在那間學校裡，我讀過最好的文章並不是時間充裕的情況下所寫出的作業，而是在「瘋狂寫作」課堂中誕生的作品。因為學生進入了忘我境界瘋狂寫作，就算時間很短，也帶給他們很大的解放感。藏在我們內在的藝術家跟了一個魔鬼，我會讓學生瘋狂寫作，是為了讓那魔鬼跟不上我們的速度，那個魔鬼知道各位無法成為藝術家的千百種原因。也許那些原因都是事實，但是藝術家之所以能成為藝術家，並不是因為「無法成為藝術家的千百種原因」，而是因為「必須要成為藝術家的唯一理由」才成為藝術家的。

那麼當我們哄睡內心的惡魔，開始自己的藝術創作時，外部就有敵人出現了，他們可能是你的伴侶，可能是父母，也可能是同事，他們會舉各種現實的原因，阻擋你要做的事。當你要做些什麼的時候，他們就會問：「這樣做要幹嘛？」這真是具有魔力的提問，會讓人馬上就氣餒。不過所謂的藝術並不是為了要幹嘛而做的，也許是為了什麼都不做而做的，也許無法產出什麼有用的東西，也許對我們的未來一點幫助都沒有。就算我們寫了小說、畫畫或作曲，也不會賺很多錢，或是進入好職場，不過卻能拯救被擱置在我們內心的「小小藝術家」，就算不透過酒精或藥物的幫助，我們也能感到快樂。因此現在要開始做些什麼的我們，面對那些實用主義者提問：「這樣做要幹嘛？」我們要勇敢起來，只要這樣回答就好了：「只是因為好像很好玩。」或「不好意思，只有我覺得有趣。」正因為它無用，所以才是快樂的源頭。

我理想中的未來是大家都能有多重身分，而且最好那些身分中有一個是藝術家。有一次我在紐約搭計程車，不知為何座位旁貼了一張演員的大頭照，一問才知道，那位計程車司機是舞台劇演員。我問他演什麼角色，他充滿自信地說是李爾王，那一刻我想到李爾王的著名台詞：「有人知道我是誰嗎？」有人是計程車司機也是舞台劇演員，有人是銀行員也是畫家，有人是高爾夫球選手也是作家，我想像中的未來是這樣的世界。

一九九〇年，現代舞蹈界的傳說級大師瑪莎．葛蘭姆（Martha Graham）坐著輪椅從金浦機場入境（當時她已是超過九十歲的高齡），我看過當時的畫面。記者問她：「怎樣才能把舞跳好呢？請對韓國的舞蹈學子們說一些話。」瑪莎．葛蘭姆馬上切斷記者的問題，說：「Just do it.」現在我們所需要的不正是這個嗎？現在，馬上成為藝術家吧！怎麼做？Just do it！

為書而活

小說家的書房

對金英夏作家來說，書房是怎樣的空間呢？

書房是不工作的地方。一進入書房就會被書本圍繞，而書本並不是現在的東西吧？再怎麼新的書最少也是幾個月前寫的，更久以前的書甚至在幾百、幾千年以上，所以進入書房是和活了很久的聲音相遇，至少荷馬的作品就活了兩千年以上才來到我們身邊吧。因為要聽的是這種聲音，我認為最好是專注其中，所以我在書房裡也幾乎不聽音樂，我覺得打造一個空間，不讓社群軟體或通訊軟體性質的聲音闖入會比較好。

我的書房裡有張椅子，讓人能舒適地坐著閱讀，坐在椅子上，書架三面環繞，就能從中抽出書本閱讀。閱讀時，我會盡量專注於書本上，雖然這並不容易。然而只要一從書房走出來，我就能馬上和朋友們收發訊息，能馬上知道現在世界上發生了什麼事，與世界接軌。從這個角度來看，書房也是和世界接軌的空間，但性質卻很不一樣。

書房的空間能讓我們聽到很久以前的聲音，連接我們與他人的靈魂，讓我們直接面對日常生活中很難輕易見到的人。其實閱讀是我們認識陌生事物最安全的方法，如果真實地在現實世界中遇見書裡出現的聲音，那會非常的累人，書中有很可怕的人類、個性獨特的角色，還有很多危險陰暗面。書中的一切都是他者，但閱讀時我們可以在最安心且準備完全的狀態下接收這些陌生的聲音。

因此，我認為書房是拓展自我的空間，是實現欲望的空間，實現與自己想法不同的欲望，自己從來沒想到過、從來沒夢想過的欲望。透過書中的各種想法自我得以擴張，雖然書房的空間很小，但實際上卻有著無比巨大的擴張性。

選書的標準

我用四種標準選書。第一是選喜愛的作家。第二是選細心、值得信賴，文字編輯得很優雅的出版社。第三，如果是翻譯書的話，選值得信賴的譯者。最後，如果是第一次接觸的作者，我會注意作者的面相。

讀經典的理由

我的寫作都是從閱讀開始的，我的小說算是我自己對其他作品的回應。例如，古希臘劇作家索福克里斯的《伊底帕斯王》訴說自信滿滿、有能力的男子伊底帕斯畢生在一日內毀掉的故事，而我的長篇小說《光之帝國》與《殺人者的記憶法》在這方面跟《伊底帕斯王》有所連結。卡夫卡有幾本作品所寫的內容是，男子突然受到城堡或是法庭的招喚，為了回應這件事，男子就在城市中徘徊，而卡夫卡的這些作品則影響了我的〈夾進電梯裡的那個男人怎麼樣了〉和《光之帝國》等作品。俄羅斯文學家普希金一邊向讀者介紹收到的信件，一邊開始講述《黑桃皇后》，而我的短篇小說〈吸血鬼〉也是從這裡直接獲得靈感，此外我還能舉出無數個例子。我對寫「新」故事沒什麼興趣，我一直覺得把老故事重寫成我的版本很有趣，所以我閱讀經典。

文學是超越時空的對話

看荷馬的史詩，尤其是看了《伊里亞德》後，會覺得為什麼要殺掉不太認識的人？一切的憤怒都是正當的嗎？為什麼人類會捲入戰爭之中？我們讀著數千年前寫的詩，會產生這些疑問吧。雖然是看翻譯過的作品，但我們還是能跨越時間與空間的界線，以文學的方式相見，所謂的文學應該正是如此，是流傳很久的東西。韓國有白日場[9]與寫作大賽的傳統，所以容易讓人以為文學只是在有限時間內完成的書寫，然而文學的本質是超越時間與空間的對話。如果對這種對話上癮，就無法長時間與真人對話，既然有更精彩的東西，幹嘛一定要聊一些無聊的事呢？

書能存活下去嗎？

讀書的人越來越少了，書能存活下去嗎？怎樣才能讀出樂趣呢？

9 白日場：朝鮮時代主要考核儒生詩文方面的考試。考試當日由考試官出詩題，讓儒生寫詩文。至今演變成國家或團體舉行的詩、散文等詩文比賽。

我認為書會存活下來，因為書籍寫的主要都是獨特的經驗，這部分是其他事物無法取代的，所以就算書變少了，它還是會持續存在。

那麼要怎樣才能讀出樂趣呢？其實我也不太清楚，不過我能提供大家一個建議。方法很簡單，就是寫下自己小時候讀過覺得最有趣的前十本書，就算只寫五本也好，從童話故事到各式各樣的書籍，反正就是寫下約五本自己讀過覺得有趣的書，然後重新讀那些書。重讀之後，大多會發現這跟自己想像的書完全不一樣，心想：「這和我記得的不一樣耶，以前讀的時候開場是這樣的嗎？」這比讀一本新書帶來的樂趣更多，越是驚訝越能獲得發掘的快樂。

我偶爾也會在寫作撞牆期讀小時候讀過的書，還會讀十年前讀過的書，還有寫下目前看過的前十本書籍，然後再重新翻閱這些書。讀完會想：「原來我的記憶被扭曲了不少啊！」因另類的原因重新感受到樂趣，這樣就能找回對閱讀早已丟失的樂趣與興奮感。為什麼會建議這種方法？因為新書失敗的機率很大，如果去書店找最近的暢銷書來看，而書卻不好看時該怎麼辦呢？不過如果是讀五本或十本小時候我們喜歡讀的書，這些書在那個時期一定有些部分打動過我們。我敢保證，重讀一定會覺得很有趣，而且還會找到小時候沒發現的新東西，因為我們的知識與見識都有所增長了。

書造就了作家

一個人能成為作家，書幾乎扮演了百分之百的角色，只要寫書就能讓人成為作家，不是因為經驗，也不是靠周遭的人，真的完全就是書造就了作家。而所有的作家都是讀者，這是理所當然的。我不僅問過韓國的作家同事，還問過其他國家的作家，大家都有相似的經歷，一開始是先成為特定小說、特定作家的瘋狂讀者，讀著讀著就會去讀能滿足我們更多部分的其他作家和其他書籍。

讀到一個程度後，有一刻就會想到：「我應該也能寫出這樣的東西吧？」自己內心想寫的內容與自己讀過的書產生化學反應，於是就坐在書桌前開始寫作了，這就是大多數作家的起點。不過，作家寫的小說不可能是全新的東西，在某種層面上，作家可能是把自己讀過的書重新寫過，不然也可能是針對自己讀過卻無法完全同意的東西寫下自己的回應。

有些書會丟出問題，例如杜斯妥也夫斯基的《罪與罰》就丟出了這樣的問題，「罪是什麼？罰又是什麼？關於罪過，有所謂適當的罰則嗎？」而正在針對這種議題寫小說的作家，就算是在對杜斯妥也夫斯基的提問寫下自己的新回答。從這個角度來看，寫小說就是在回應自己以前讀過的內容，是針對過去的聲音、那位作家或那本小說，以自己的方式回應或加上註解。因此成為一位作家，完全是受書本的影響。

作家的權力

誰都能成為作家嗎？

請問有所謂夠格當作家的人嗎？

身為作家，讓我感到最驚訝或讓我感到既開心又神奇的是，並沒有所謂「作家類」的人。也就是說，我認為誰都可以成為作家，我的意思不是字面上說的任誰都可以成為作家，而是作家群中真的充滿各種類型的人，不是只有敏感的人成為作家，也不是只有道德高尚的人當上作家，也不是只有惡劣的人變成作家。法國小說家尚・惹內（Jean Genet）不就是因犯下竊盜與逃兵罪而入獄，並在服役期間開始寫作的嗎？無恥之徒、憂鬱症患者、有躁症的人都想用文字表現自我，這真的很驚人。

也許《我聽見你的聲音》的傑伊與東奎都可以算是作家類的人，因為他們是感受很敏銳的人與會記錄的人。不過我認為東奎這種類型的人比較接近小說家，而擁有超凡感受力的人可能會成為邪教教主、可能會寫詩，他們有超越現實的可能，而果真如此，他們就蓋不出小說這種如房子般複雜的結構吧？小說家要有耐得住無聊的能力，擁有超凡能力的人雖然能成為小說家，卻很難長期持續。

顛倒的脫衣秀

祕魯作家巴爾加斯・尤薩（Vargas Llosa）寫過論述作家與小說關係的文章，他說作家是把脫衣秀顛倒過來表演的人。脫衣秀是穿著衣服出場，再一件一件脫掉吧？作家則是光溜溜地登場，將衣服一件件撿起來穿上，小說結束時，身體就完全遮好了。作家一開始寫小說時，他知道自己要寫什麼，也知道要往哪個方向走，但是在寫的時候作家本身卻隱身了，因為小說自己會找出自己的路，意思就是作家躲進了小說這件衣服後面了。我很喜歡這段話。雖然一開始寫小說時，小說可能有些與我相似之處，但寫小說的途中會不斷撿起衣服穿上，而我就不見了。所以小說不會長得像我，這也是我喜歡小說的理由。

痛苦的特權化

我認為作家所擁有的精神滿足源自於他能夠將痛苦特權化。洗衣店的老闆很辛苦，計程車司機也很辛苦，但是他們幾乎沒有機會訴說，無法訴說自身痛苦比他人痛苦還來得美妙。然而作家卻能夠對別人訴說自身的痛苦，我覺得這就是重點。

作家是知識份子嗎？

無論作家寫作有沒有意圖，結果他們都介入了世界，發表了言論。那麼作家應該要具備知識份子的洞察力吧，您怎麼看呢？

我認為做任何職業都要觀察，擦皮鞋的人光看鞋就能猜到鞋子主人的個性吧，所以我覺得作家會觀察，市場商人也會觀察，公車司機也會觀察。身為作家所受到的禮遇是，作家能用文字表達出自己觀察到的事物，因此某方面來說，與其說作家獨享了洞察力，不如說他們獨享了表達力還比較正確。

不過，現在的讀者水準呈飛躍式成長，要求也變多元了。在我小時候，讀者能接觸到外國文學的機會還很少，頂多能接觸到諾貝爾文學獎作家的作品。進入九〇年代後，翻譯風氣幾乎同時興起，高品質的翻譯文學因此湧現。隨著這個趨勢，讀者一直以來對韓國作家表達能力的高度信賴感就開始瓦解了。

身為作家，我當然也有責任。不僅如此，培養作家的制度也有問題，讀者蒐集資訊與加工能力呈飛躍式成長，相較之下，要養成一位作家卻相當困難，簡而言之，養成一位作家就像是做手工業。在這變化無常的時代裡，作家洞察力與表達能力的重要性相對地變弱了。因此，我覺得我們這些作家要主動承擔起知識份子的責任，不要讓社會自動發派責任。

小說宇宙中渺小的「我」

雖然我已記不清楚，但應該是美國天文學家卡爾・薩根（Carl Edward Sagan）說過這段話：「我就算再怎麼努力，畢生也無法了解宇宙的全部，但是光是看著夜空的星星，我就能感受到快樂。」這跟我和小說的關係也很類似。全世界的小說是有歷史的，就和夜空中的星星一樣，歷史上有很多很多的小說，而我所寫的小說只占了其中很小的一部分。在未來的餘生中，就算我再怎麼能寫，可能也無法在夜空中留下任何痕跡，但是身為這世界的一部分、身為這群作家的一員，帶給了我某種快樂。事實是我只是這世界的小小一部分，而小說的世界無比巨大，我無法激起任何波紋，有時我會因此感到歡喜。浩瀚無垠的宇宙與我！

作家的權力

雖然一篇小說只是小說世界中很小的一部分，但這篇小說本身不也是一個世界嗎？

寫小說就是去建構一個世界，打造出那個世界後，不斷地用文字整治、修建，寫到我稱心如意為止，最後成為那個世界的榮譽市民。只有我認識那個世界裡的人物，如果我長期出國就想起會他們。如果我不常常回去看看，他們就會像死了一樣，一動也不動，就像電影《玩具總動員》裡的玩具一樣，整個世界靜止。只有我坐回我書桌前，那些人物才能活過來，如果沒有我，誰都無法讓他們動起來。

像這樣站在全知全能的位置上，能將生命注入一個世界裡或人物身上，這是小說家最迷人的魅力嗎？

不對，身為作家，我並非全知全能，我沒辦法控制他們，那些人物是自己行動的，我只能算是打開了讓他們開始行動的開關而已。我並不是全知全能的神，而是一種守衛。拿著劇場鑰匙的人是我，但我卻帶著那把鑰匙去了遠方，我應該趕快回來讓這些人物動起來，讓他們去瓜地馬拉，讓他們去很多地方，但拿著鑰匙的可惡傢伙卻因為其他事沒有回來。我並不是全知全能的神，不會把故事中的人物當成我的傀儡，而是這些人物在等著我。我應該趕快回去開門。

有空隙的小說

不只是小說人物在等待金英夏作家，讀者也一直在等待作家的小說。請問小說中有什麼東西是特別為讀者安排的嗎？

我覺得以前我寫的是單向式的小說，會讓讀者坐好後說：「聽我說故事吧。」現在我在構思的則是透過空隙雙向溝通的小說，不是那種讓你驚訝萬分卻又轉瞬即逝的小說，而是能讓讀者停下來思考的小說。甜甜圈之所以是甜甜圈是因為它有個空隙，蕾絲會像蕾絲也是因為它有空隙，讓小說像小說的也是溝通的空隙。我的短篇小說中，〈賣影子的男人〉和〈雖然我愛你〉這類作品算是相對留白比較多的小說。

所謂最棒的小說

最棒的小說是，就算整部讀完一條紅線都沒畫，還是會讓你愛上的小說。不是有些小說會讓人一讀就停不下來嗎？因為沒有地方是不順的。而且讀完還會讓人感到自己已見到世上不存在之美，讓人讀完後無法整理出概要或精選，我認為這種小說就是最棒的小說。

小說是道德判斷終止的疆域

若只能用幾句話來說明金英夏作家的小說，實在不容易，尤其是小說人物方面，而您的小說也因此讓讀者感到很新鮮，請問您有刻意追求的小說方向嗎？

我們很難了解《大亨小傳》的所有人物，到底誰是好人、誰是壞人，誰是加害者、誰是被害者，誰是搞笑的人物、誰是可憐的人物，他們都處於灰色地帶，無法以倫理判斷。米蘭．昆德拉（Milan Kundera）曾說很棒的一句話，他說，小說是「道德判斷終止的疆域」。我們怎麼能夠對唐吉訶德做道德判斷呢？只能笑他而已。如果說包法利夫人是「臭女人」的話，我們自己就變成笨蛋了。不對包法利夫人下道德判斷，讀者的水準才能提升。

非行與無宿的史詩

在作家的短篇與長篇小說中，感覺到您很重視從家庭或社會中被驅逐出來的少年或青年，時常剖析他們離經叛道的生活。如果用有點陳舊的詞彙來解釋，也許能說這是關於非行與無宿[10]的史詩系列。在您第一本長篇小說《我有破壞自己的權利》中，有離開故鄉去流浪且喜歡加倍佳棒棒糖的少女，您透過她的形象開啟了這個系列。著名的短篇小說〈緊急出口〉是極為赤裸的純情與暴力故事，也屬於這個系列。「出生在路與路相遇的地方」的少年傑伊，《我聽見你的聲音》則講述這位少年的故事，並在傑伊短暫人生的描述中，著重表現十幾歲貧窮人的離經叛道狀態。為什麼您會反覆描述街頭年輕人的人生，以及非行與無宿的人生呢？

這好像必須先從「非行與無宿的系列」開始說起。其實《我聽見你的聲音》當時暫定書名為「無宿者傑伊短暫且崇高的一生」，但聽了周遭的意見，才發現大家覺得無宿者這個詞很陌生晦澀。不過提問中突然出現無宿這個詞，我突然覺得也許當初那個題目更好。

一九六八年，申相玉導演拍攝了《無宿者》，這部電影算是一種韓國化的義大利西部片。我就是在當年出生的，當然我沒有看過這部電影，但電影名稱卻一直留在我的腦

10 非行，指不當行為；無宿，指無家可歸。

海中，我應該是被這個既不是露宿者也不是流浪者的奇怪字眼吸引了吧。為什麼偏偏是這種東西，為什麼是「街頭上的年輕人」吸引了我，我自己也很困惑。我沒有過過那樣的人生，也沒有長期跟這些人一起相處的經驗，但他們和他們的故事在我眼中卻特別顯眼。在路上遇到這些人，我會停下腳步走向他們問問題，並且聽聽他們的故事。就像結束外出行程回家後衣服會染上灰塵一樣，他們的故事也在不知不覺中進入我的意識裡，時機一到，才讓我寫出這樣的故事吧，我覺得應該是這樣。

也許這個問題必須回溯到我的個人經歷上。我出生於江原道的華川，父親是職業軍人，我住過大邱、全羅道光州、鎮海、楊平、坡州、忠州等地，最後北上到首爾。讀過六所國小，而且六間學校都使用不同的方言，我的年幼時期就是在適應新的人與新的環境，當我自己挺過如此劇烈的變化時，父親總是缺席。我對父親的記憶，大多是他從部隊回來，身上散發著汗味，正在脫軍靴的模樣，還有要回部隊前，綁著軍靴鞋帶的模樣。生於慶尚道偏僻村莊的父親，因為家境貧寒無法升中學讀書，他就離家流浪，獨自讀完高中夜間部。而他的父親，也就是我的爺爺，聽說他在日帝強占期離鄉，在滿州與日本間漂泊，並在那裡生下我的大伯與父親。說不定沒有根的生活就是我們家的傳統，也許我能怪罪我血液裡流淌著的流浪癖。

我們家真正的落腳是在八〇年代初期，我們定居在蠶室。蠶室住公公寓[11]是讓人很彆扭的奇怪地方，凌晨還要起來換爐中的煤炭，社區就像複製（CTRL+C）了一個積木然後無限貼上（CTRL+V）一樣，社區的結構很容易讓孩子走丟，一樣的公園、一樣的路樹、一樣的建築，每天都有孩子因為背不起來自家大樓號碼在奇怪的地方遊蕩，而被送去派出所。我就這樣度過了青少年時期，升學後，八〇年代後半期的大學是文化完全不同的世界，是個與外界隔絕的世界。我就跟《光之帝國》的基榮一樣，我也有很多新事物要學習，不，與其說是學習，不如說是要拋棄已具備的東西，讓新事物取代。新的世界觀、新的歌曲、新的語言、「重寫的」歷史，對於像我這樣早已習慣轉學的人，適應當時的大學依舊不容易。說不定是這樣的個人經歷影響了我的「故事喜好」吧。

11 住公公寓：政府的「韓國土地住宅公社」所蓋的，多為租賃用。

迂迴與多餘

《光之帝國》的結構很特別，就好像在看一部電影的感覺吧，場景轉換真的很快速，組成家庭的三個人物視角交織，打造出這個故事。與電影相關的方面，我知道您曾經寫過《黑色花》的劇本，想聽您聊聊這個經驗。

《黑色花》的情況是，我要先把龐大的故事縮成一本小說，所以思考了很多關於敘事效益性的問題。這裡談的小說的效益性，指的不是單純快速轉換場景與壓縮內容這種形式上的問題，而是故事層面的節奏感。像是大師們的音樂，他們只用幾個音符就能有節奏地營造緊張氣氛，能做到這種境界，我認為與其說是將表面單純化，不如說是作品深處流淌著高度的節奏感。

不過短暫地嘗試電影工作讓我反過來思考小說所具備的「沒有效益的效益性」。如果要說效益性，電影就是沒有一絲贅肉的媒體，然而在小說的世界，好像就會要求不同於電影的「沒有效益的效益性」，也就是不需要的東西、迂迴或多餘所製造出的效果。就算只是為了要駕馭好這些部分，也會需要對敘事節奏的敏感度，因為有敏感度才能知道該怎麼放慢。因此我理解到小說與電影的不同，電影有效益性的侷限，而小說能容許的多餘卻是無比重要，我再次體會到，原來這就是文學的優點。而這也讓我開始思考，我要用怎樣的節奏編織小說中必要的部分與非必要的多餘部分。

以小說家的身分生活

失憶，不完整的記憶組合

《殺人者的記憶法》的主角為了不要喪失記憶而持續地記錄自我，這方面看來好像也有點像作家。

《殺人者的記憶法》的主角金炳秀，不斷地回顧自己的生命，想記錄下來，這和作家的工作很相似。作家是個不停回顧過去的職業，會回顧自己或別人的過去、國家的過去、一個集體的過去，將自己不完整的記憶組合起來，並寫得煞有其事，這就是作家的工作，那麼從這個角度看來，所有作家都算有某種程度的失憶症。在與記憶問題搏鬥的這點上，金炳秀的確是位作家，這點是用象徵方式表現出來的。最近我有個經驗，採訪時一位記者念出十五年前我寫的短篇小說段落，當時我這樣說：「這可能是我寫過的小說，但我好像沒寫過這個啊。」不過之後那位記者找出了那個段落，連頁數都寫下來寄

給我看。（笑）

人類是怎樣的存在呢？

金英夏作家的小說好像總是隱含著存在論問題，對此您有什麼看法呢？

不知道是否因為一直漂泊的關係，我認為人類是種意外被丟到陌生環境的存在，莫名地被丟到連自己都搞不清楚的陌生環境中，對這裡是哪都還糊里糊塗的情況下就結束一生。《黑色花》的情形也是如此，小說人物被丟到墨西哥這個完全陌生的土地上，我們韓國人會稱土地為江山吧，意思就是有江也有山才會被稱作土地，而猶加敦半島沒有江也沒有山，這種世界觀在《光之帝國》中也有出現過。另外，人類是朝著注定的命運走下去的存在，這是從伊底帕斯之後就不斷被談論的觀點，人類拒絕命定，但經過一番掙扎後，終究會走向那個命運。

關於以上兩點最近我想了很多，而《黑色花》也是如此。小說人物在墨西哥搭上船時，讀者就已經知道他們的命運了，心想：「啊，他們回不來了！」甚至我們看好萊塢電影也是知道的，男主角跟家人這樣說：「我馬上回來。」這時觀眾就已經知道他回不來了，如果他說：「我會盡快回來。」那就不可能很快回來。這就是朝注定的命運死去的意思，因為我們已經很熟悉這樣的敘事傳統，馬上就能知道他們會朝注定的命運走去。而且他們會在陌生的地方生活，《光之帝國》也是如此。我在寫《光之帝國》時訪問了一位脫北者，他這麼說道：「我不就是被移過來又種下去的人嗎？」被移過來又種下去的人？這個說法真有趣，如果用漢字來寫就是移植吧。小說的主角金基榮，他也是在平壤生活了大概二十年，才突然被移過來種在首爾生活了二十年，有趣的是他在首爾生活的二十年間，又再次經歷了一次被移植。就算自己靜靜地待著，土壤（國家）也會改變，因為國家改變，世界就突然變奇怪了，韓國ＩＭＦ金融危機[12]前後的世界就完全不同，縱使我們生活在首爾，實際上還是覺得在漂泊，我稱之為新的流散[13]。雖然有人像《黑色花》的移民一樣去了遙遠的地方，卻也有像人《光之帝國》的人一樣，就算靜靜待著

12　一九九七年的亞洲金融風暴，在南韓國內稱為「韓國ＩＭＦ金融危機」。當時韓國向國際貨幣基金組織ＩＭＦ申請緊急救助貸款，同時也喪失經濟主導權。

13　流散（diaspora）：具有共同民族認同的人口群體長期流離失所與集體搬遷。

等，世界還是會動盪不定。其實人們就是會問韓國ＩＭＦ金融危機是什麼、非正職雇用法又是什麼，總是對新出現的事物不知所措，迷迷糊糊地過日子。

人類是宇宙中的一粒塵埃

如果說小說與文學完全是對個人世界的追求，那麼金英夏作家的小說好像有很多無法融入世界的地方，不過您的態度卻又像是認同我們這世界的命運。如此矛盾的狀態下，該如何接受人生呢？

我在三十出頭歲時就已經決定我不要生小孩，如此一來我的人生會變怎樣呢？我覺得就只是過生活，以我這個人的身分結束一生。那麼世界又是什麼呢？世界是與我們無關的存在，這個世界完全不在意人類的命運。我非常喜歡宇宙相關的書，英國物理學者賽門・辛（Simon Singh）的《大爆炸簡史》或是卡爾・薩根《卡爾薩根的宇宙》這類的書總是讓我著迷。雖然有人在宇宙中看到了神聖的存在，但我覺得人類不過是宇宙中的一粒塵埃罷了，這就是站在人本主義的對立面吧。有些人覺得人類能夠做點什麼、世界能被改變，覺得除此之外我們還能做其他有意義的事，而我則是站在他們的反面。

莫名其妙的狀態下彼此傷害，掙扎著不讓自己死掉，最終還是不免死亡消逝，我認為人類就是這樣的存在。當然世界上有關於永生的各種概念，但是我並不同意。三十歲之前我寫的小說展現了某種虛無主義的觀念，對此很多人會說：「因為他還年輕啦！」但是到現在仍持續關注我的人就會知道，事實不是如此，以後我應該也不太會改變，因為我就是這樣一路走過來的。

不過我相信一件事，那就是故事的永續性。人類無法永生，人世間的殘忍不會改變，但是我相信故事是永恆的。例如，我認為不論是猶太人還是塔利班，他們都是老故事的宿主。猶太人一輩子不就是根據《舊約聖經》的故事在過日子嗎？他們會遵守安息日，會在逾越節祭祀，而節日就是故事物化後的型態，猶太人持續以聖經故事的宿主身分過活，最後故事會成為一種文化基因，傳承給後代。塔利班也是如此，他們也是活在某種激進的伊斯蘭故事中，所以他們會殉教，也會毫不猶豫地做自殺式炸彈攻擊，因為他們相信殉教之後，天堂裡有數十位處女等著他們。我認為故事比我們想得更強而有力、更可怕。

因為我相信故事的永續性，對於自己是小說家這件事，我有時會感到很謙遜，我會想，雖然我馬上就會消失在這世上，但我所創作的故事會比我留得久一些吧？這是矛盾的概念，應該稱之為以虛無主義為基礎的堅定信念嗎？（笑）那些相信人類的人，還有相信人本主義或相信宗教的人，想想看他們在歷史上所犯下的無數惡行，我就覺得人類需要很堅定且虔誠的虛無主義思想，而且我認為最好的朋友就是小說。和小說一起，我們能忍受世界的無意義，同時也能忍受人文主義或人本主義狂熱信徒的獨善其身、固執己見與攻擊性。從這個角度來看我一天的生活，其實現在的我過得比十年前想要的模樣更加虔誠，就是整天讀書，每天都寫一些文字，並且將社會接觸面最小化，沒什麼事的話就不出門。

必須成為作家的唯一理由

您曾經說過其他作家好像都有各式各樣的特別的經驗，您在剛開始寫作時，因為自

己跟別人的生活沒什麼不同，對於生活中沒做過什麼特別的事而感到自卑。請問您是怎麼克服那種自卑感的呢？

雖然寫作練習在那之前就開始了，但是我正式開始寫作是在一九九五年。那時是怎樣的時代呢？是後日譚文學出現的時候。後日譚文學寫的是三八六世代[14]在八〇年代華麗一時的奮鬥經歷與其反差，感覺內容就是：「當時我們曾多麼美麗，真的很努力奮鬥過了，但現在為什麼會這樣？」那個時代的作家前輩中，有人去了北韓，也有人進了監獄。把視線轉向當時的國外，海明威參加了西班牙內戰，法國作家安德烈．馬爾羅（André Malraux）不也參加了中國的國共合作嗎？看看這些人我就覺得自己無法成為作家。不過，對下定決心要寫小說的人來說，總會出現這樣的狀況，心想：「我絕對當不成作家。」然後就又會想到一百個無法當上作家的理由。我自己的情況就是這樣，我實在過得太平凡了，父母是中產階級，父親是軍人等等。當時，軍人的子女好像還無法當作家，好像非得是農民或勞工的子女才能當作家，不然就要有經歷過戲劇性人生的父母。

14　三八六世代：在一九六〇年代出生，一九八〇年代成長的三十歲人士，意同於台灣的「五年級生」。

算是生活過得很不錯吧？

沒錯，我長大的地方也是如此。我在蠶室長大，蠶室也不像能培育出作家的環境，蠶室只有一堆公寓，其他作家很多都生長在險惡的環境中，所以我才覺得自己無法當作家。另外，我天生就是很無趣的人，但是當時文學主流的基本調性是感傷主義，核心是要感傷地傾吐自我情感，並尋求別人的呼應。相較之下我的情感很匱乏，能讓別人掉淚的事，對我來說也時常沒感覺，我因此感到挫折，心想：「我就是不行，就是因為這樣才沒辦法當作家。」除此之外還有很多類似的原因（笑），但造就一位作家的，應該不是那「無法成為作家的一百種原因」，而是那「必須成為作家的唯一理由」。

精神世界有點奇怪、有與異於常人的強求心態或經歷過巨大的痛苦，只要有其中一個原因能造就出作家，人們不就是閱讀這種作家的作品而能體會到人性的多樣化嗎？所以當時我的文字中藏有這樣的煩惱，不過時代已經改變了。文學開始描述日常問題或毫無戲劇性變化的世界，描述人類的生活被困在不堪的日常裡。這樣看來，有這種煩惱的作家我應該是最後一個，比我晚出現的作家好像已經不這樣想了，不會想著為什麼我的生活不夠戲劇化、為什麼我這麼平凡，因為時代已經完全改變了。

大家普遍認為作家具備天賦，寫作對他們來說並不難，很難想像他們一句話都寫不出來而暗自發愁的模樣，以為在作家腦海中有很棒的小說，好像能直接輕易釋放出來一樣。您說無法成為作家的原因有上百個，但只有一個理由讓你成為作家，那一個理由是什麼呢？

只要我講起故事，朋友們就會聚精會神地聽故事，這算是我第一次感受到說故事的快感吧。我從來沒有在寫作大賽上得過獎，導師會挑選出貼在教室布告欄上的文章，而我一次都沒有被選到過，這也是我覺得自己無法成為作家的百種原因之一。不過只要我編故事講給朋友聽，大家就會聚在一起聽，鄰居朋友會聽、學校朋友也會聽，隔天他們來聽還會拿糖果請我，所以也算是一種連續劇。我講的故事不是從別處聽來的，而是講憑空想像出的小鎮故事，或是宇宙旅行中宇宙戰艦的故事，朋友們很常跑來問我故事接下來怎樣了。

我也常會潤飾實際經歷，講出自己版本的故事，比如我以前會上教堂，我會去學校裡講教堂裡發生的戀愛故事。大家就是喜歡聽我講故事，而不是喜歡我的全部，所以我自己才想到，原來我有講故事的才能，至少在我的社區裡他們吃我這一套。步入文壇前我曾寫短篇情境劇上傳HiTEL[15]，大家的反應很熱烈，因此我才發現自己在寫作方面意外地有天分。

影響您的作家是柯南・道爾（Sir Arthur Conan Doyle）與儒勒・凡爾納（Jules Verne）嗎？

每次要我選出最受哪位作家影響時，以前我常常選米蘭・昆德拉這種作家（所謂文學上的正解）。之後我的想法轉變了，步入文壇前讀過的米蘭・昆德拉真的對我影響很大嗎？應該要往更前面回溯源頭吧？所以我很仔細地想過了，對年幼的我影響最深的作家是柯南・道爾和儒勒・凡爾納，最近被問我都會這樣回答。

15　HiTEL：在網際網路普及前，韓國電信業者所提供的一種社群服務。

小時候讀過的福爾摩斯才是真正展現合理世界的小說，只要有適當的幾項證據就能說明因果關係。其實柯南．道爾和儒勒．凡爾納對我的影響常常以變形型態出現在我的小說中，例如，以旅行、殺人為主題，在〈照相館殺人事件〉和《阿郎，為什麼？》這種小說上更是嶄露無疑。因為我未來還是會持續閱讀，而這些影響將會以扭曲、變形的型態留存。

想要成為能一直寫下去的作家

之前您說過寫小說會讓人變乖，但不知道是否因為您新人時期的「戴耳環的小說家」形象深植人心，提到金英夏時，大家好像依舊認為您有年輕作家的形象。

新人時期藝術方面的自我很稚嫩且未成熟，所以好像會到處做些引人注目的行為，但現在是不引人注目比較自在。在小說中解放藝術方面的自我應該就夠了，所以在小說中我會變得更大膽、更瘋。作家不能恣意妄為地過日子，燃燒自我也許能寫出一、兩篇好作品，卻不能長久，而我想成為能一直寫下去的作家。

伊比鳩魯式生活

大學讀哲學概論時，曾經整理過我對哲學的看法，我最喜歡的是伊比鳩魯學派，伊比鳩魯學派不像斯多葛學派一樣禁慾，而是追求高度的精神歡愉，對其它的事物並不太關注。我漸漸變得更關注讀書或寫作所感受到的痛苦與快樂，出書相對就變成很無聊的事了，因為出書無法帶來太大的快樂。

其實我幾乎不會在晚上跟人聚會喝酒，我沒有興趣，也幾乎沒什麼事讓我沉溺其中。對於必須做什麼，我有個清楚的原則，我會思考「這件事能否帶給我高度滿足感」，若答案是否定的就不會做。曾經有段時間，我每日都會主持ＫＢＳ電台的《金英夏的文化焦點》，雖然是很棒的節目，但當時我並沒辦法從中獲得充分的滿足感，我只是主持人，真正做事的人是來賓，我很羨慕他們，因為那些才是我應該要做的事，而我卻只是在問問題而已，雖然這份工作並非無意義，但它無法讓我感到很滿足。身為小說家，我持續做著其他工作，雖然曾經主持節目、當教授，或是當語言學校的講師，但無法讓我深刻感到滿足的工作我做不久。

小說家的願望

我的願望是當一位小說家，未來也要繼續寫小說，現在雖然已經是小說家了，但未來的願望還是要當一位小說家，希望二十年後我還是一位小說家。除此之外，我沒什麼特別的計畫，只想要持續寫小說。但奇怪的是，在真正開始寫小說之前，我都不太清楚自己要寫什麼東西。

我不清楚電影是怎麼製作的，但小說在下筆之前會讓人感覺像進入霧氣瀰漫的奇異森林一樣，雖然知道這是哪裡，也知道方向，卻不知道在裡面會遇到什麼。然而進入森林後視野就會漸漸變寬廣明亮吧？玩「星海爭霸」這類遊戲時，一開始是一片漆黑，是什麼都看不到的黑暗狀態，到處都走過以後就會漸漸變亮。寫小說也是如此，一開始就像是被丟進陌生世界裡的一名工人，但是到處走過之後，很多地方就開始亮了起來。小說，我要持續寫下去，但是未來要寫什麼我還沒有具體的規劃，坐到書桌前就會自然想到吧。

貿然代替別人做夢與想像的人

我覺得作家就像是馬可．波羅（Marco Polo），當時馬可．波羅去了誰都沒去過的中東或類似中國的地方，他回來告訴別人自己的經歷，有人信也有人不信，不論如何他很興奮地講故事，並寫成書。不論以時間或喜好為由，一般人大多都活在固定的框架中，早上起來每天經過一樣的程序，出門去上班，做完固定的工作再回家。但是作家會代替一般人去做他們不做的夢，去想他們不去想的事，去思考他們不敢想的想法。

其實我們也不能隨意思考吧？有時想恐怖的事會想到連自己都嚇到搖頭，大家都有過這樣的經驗吧？一般人思考的範圍有限，所以作家就代替大家想像，在奇異的世界中探險。當然，這裡說的奇異世界不是物理性的世界，而是精神世界。像《殺人者的記憶法》就是在談論連續殺人犯的心理，一般人想都不願意想，但作家會代替大家想，想像患上阿茲罕默症的殺人犯是怎樣的人，並說給大家聽。

我認為作家是這樣的存在，一般人被禁錮在自身的想像力中，而作家會走去更遙遠的地方，代替一般人體驗他們想不到的事、不敢想像的事、不敢體驗的事，還有不能做的事，然後把經驗帶進社會裡，加工成大家能接受的型態再講給大家聽。

魔術師與小說家

魔術是想欺騙人的人與不想被騙的人之間的遊戲，參與這項遊戲主要有幾個前提。第一個前提是，就算觀眾被騙，也不能對觀眾造成實際的傷害。另外，魔術是在魔術師所設定的範圍內進行。魔術師準備了讓飛機憑空消失的魔術，如果不做這個魔術，而要求他讓汽車憑空消失的話，就算違反前提了。

文學類的敘事與魔術表演有相似之處。故事的開始，作家先設下幾個前提，在這個基礎上建構故事，而魔術雖然偶爾會把觀眾叫上台參與，但一切都還是在魔術師允許的範圍之內，觀眾是在大致上安全的距離內享受表演。我每次寫小說都會思考這種「安全距離」，當我把現實生活移到小說裡，就會苦惱能夠隨意放任讀者到什麼程度、怎樣的距離才是有道德的。當然這個距離的決定不全然在作家身上，讀者與文本之間的距離也許不是由作家，而是由讀者決定的。但是身為作家，我必須先思考這個部分。

我認為作家的道德倫理並不會展現在他所談論的主題上，而是展現於素材、故事情節、人物關係設定的建構技術上。例如，十幾歲少年在街上的野生生活，這就像是坐在吉普車上遊覽野生動物的觀光客視角一樣，這種安排我很難接受，雖然我想寫這個故事，但當我不想「顯示」這些部分時，身為作家的我就會感到有必要縮小「舒適的距離」。《我聽見你的聲音》中提過一個破壞魔術前提並介入表演的中國小皇帝，他就是以戲劇性方式象徵我的這種煩惱，就算知道破壞前提就不好玩了，但我依舊只能破壞，還被這種衝動吸引，這就是我的問題所在。這雖然這也跟敘事的倫理有關係，卻也跟我天生抗拒寫出讓人順暢閱讀的故事有關。我內心存在一種衝動，想要根據許久前的劇情傳統說故事，然後再突如其來的毀掉它。

名為暴力的對話

暴力也許是最原始的對話，說不定暴力是原始社會唯一的語言，而且它到現在都還沒消失。翻開報紙，無數的暴力事件充斥版面，與其說這代表暴力已在社會上氾濫，不如說這證明了人們很關注暴力這種獨特的對話方式。我認為廣義上來說，連愛情都可能是被浪漫包裝的溫柔暴力，我的情感超越自己的主體，試圖去影響他人，過程中會產生有趣的衝突。開個玩笑，不是有孩子會在父母做愛時開門問「你們幹嘛吵架」嗎？對我來說性愛與暴力的相似性一直都很有趣。

方法演技

作為一位作家，開心的時刻是什麼時候呢？

寫長篇小說的時候很幸福。表演方法中不是有個技巧叫方法演技嗎？小說家在某程度上有相同的一面。若我創造出某個角色，我就會說一些很像他會說的話，聽他會聽的音樂，讀他會讀的書，而這應該也是身為小說家的樂趣，進入某個角色中過個一、兩年的生活。

寫長篇小說所體會到的頓悟

我有個疑問，《光之帝國》中，最後金基榮跟兩位女性坦白事實了吧，他向蘇智坦承，也向瑪麗坦承，這個場面不會有點奇怪嗎？基榮不是和國家情報院的人有條件交換嗎？雖然基榮的內心波濤洶湧，但還是能讓他若無其事的回去吧，為什麼要讓他坦白呢？用堅實的冷漠武裝起自己的大男人，為什麼要讓他在最後一刻崩塌呢？

在構想故事、寫初稿時，並沒有這種「糾纏不清」的場面，我對基榮的想像一直都是一個會將一切收拾好，而且看得很開的男人。

看來我應該是在寫長篇小說時，感受到身為作家、身為人類的我改變了。主要寫短篇小說的時候，我常忘記自己是作家，到截稿日接到電話才想到：「啊，對了，我是作家，要趕快寫作。」在外面因身為作家而受到某些待遇時又會有所自覺，但其實寫短篇小說時受到這些待遇也是有點不好意思。

不過寫長篇小說時，每天都是十頁、二十頁地寫，多的話三十頁、四十頁持續地寫，所以就算沒發表出去也覺得心安理得，對自己以作家身分生活與發言都能當之無愧。另外，寫長篇小說會感受到短篇無法比擬的複雜且激烈的情感活力，第一次感受到這種感覺是我正在寫《黑色花》的時候，我開始思考我內在的這些東西究竟是什麼，到底為什麼這些人物會突然出現大喊，會激烈地表達自己的主張，會掛在十字架上，會在金字塔裡展開槍戰。還有寫《光之帝國》時，尤其是中斷了連載，在編修內容的時候，我每天早上起床就開始寫小說，連電話都不接，專注地寫到晚上，要睡覺時才很滿意地邊回味著：「原來我今天寫了這樣的故事啊！」每次故事稍有些進展就會很開心。當然有時也會抱著未解的問題入眠，但是我領悟到只要三個月、六個月、一年過著這種生活，作家的內在就會產生重要的變化，經歷這種經驗後，怎樣的惡評都不太能動搖我，書籍出版後也不會焦躁不安。

作家若沒傾倒出自身內在的故事，寫長篇小說時就會遇到繼續前進的瓶頸，會在四百頁、五百頁，或是三百頁處卡住。要像《光之帝國》一樣寫到一千五百頁左右的話，就要成為比電容器還厲害的東西，要跟其他東西接觸，不是讓電流通過外部而是接受電流，讓它流進內部電路盒內，讓沉重的齒輪轉動起來，就像是扒開不能去的地方直接走進去的感覺。

寫《光之帝國》初稿時，我預想的結局依然是不拖泥帶水的，但我卻無法這樣寫，肯定有股帶領著作家的力量，就是那股力量讓主角基榮與其他人物碰撞。角色們最終一定要見面，帶著作家的立場、過去與現在的想法彼此碰撞，最近我在想這是否就是所謂的長篇小說，如此一來小說隱含的內容才能燃燒起來。我想，在潛伏狀態下結束故事的話，也算是種「防禦性迴避」吧？

寫作與環境

作家們對空間特別敏感，請聊聊您寫《殺人者的記憶法》時所在的釜山吧。

慶尚道人說話很簡短又很有詩意。「真是的！好了！」這種話真的蘊含很多意思。在釜山寫的《殺人者的記憶法》是用這種有蘊含意義的短文句構成的，肯定是受了環境的影響。《猜謎秀》我是在文學村出版社的退貨倉庫寫的，就我所知，在自己書籍的退貨倉庫寫書的作家應該只有我一人，書寫到一半要走出去吃飯時，就會看到自己被退還的書，職員們都想要把書藏起來，但我都請他們不用這樣（笑）。《猜謎秀》前面的背景出現弘大，而後面變成倉庫了，因為那部分內容就是在位於坡州山中的倉庫裡寫的。

打動人的真實故事

我不認為自己很會寫作，到現在都無法完全掌握母語，還在認真地訓練中，但因為我是作家，常有人問我：「怎麼寫好文章？」因為我是全職作家，寫過十本以上的小說，至少一定寫得比別人多吧。很多人問我寫出好作品的方法，其實看別人的文章時只有一個標準，就看這是不是能打動人的真實故事。

有些作品用美詞佳句妝點，還具備了完美的結構，但卻完全無法打動人。以前我在憲兵隊搜查科當兵，曾經每天收禁閉室犯人的日記，將內容編撰成書，只要看到某些寫得不錯的文章，後來就會發現他們是重刑犯。在軍中犯下嚴重的罪刑而被判重刑的犯人有兩位，就他們的文章寫得最好，其他人是出於義務而寫，所以寫得很像反省文，而這兩人卻不是這樣。

他們各自被求刑無期徒刑與二十五年徒刑，雖然未來可能減刑為十五年、五年之類的，但至少目前量刑就是如此。現在是二十二歲，快的話也要四十歲左右才能出監獄，他們被判刑後有寫文章，而這些文章就是在他們知道自己命運的情況下而寫的，即使是重刑犯，在這個時刻也都會老實地回顧人生、正視自己的內心世界之後再寫，這種文字會很有力量，也很真實。因此我認為寫作要寫得好重點不在於技術，也不在於技法，只要是某刻在自己書房裡安靜地寫，在任誰都不能侵擾的寧靜空間裡，面對自己老實地寫作，這種文字一定是有力量、有魅力的。

奶奶的蜂窩

二〇一一年十一月，墨西哥瓜達拉哈拉國際書展

我的同行好像都有優秀的奶奶，這些奶奶會講述饒富趣味的民間傳說故事給未來的優秀作家聽，比如說她們常常講當老虎還在抽菸斗時的故事[16]，還有男人和狐狸結婚的故事。所以後來這些作家都能夠很驕傲地說：「所有關於講故事的事，都是跟我奶奶學的。」

不過我沒有這樣的奶奶。我的外婆在我出生前就過世了，奶奶則住在離我們很遠的地方，然後也很早就離世了，雖然我幾乎沒見過奶奶，但她留給我一段有趣的記憶。當時家裡有我父母、我和弟弟，我們隨著軍人父親住進軍隊附近的官舍裡，而奶奶為了看

16 講故事時我們會說「很久很久以前」來開頭，而韓國民間故事則習慣以「當老虎抽菸斗，喜鵲會講話的時候……」來起頭。

兒子、媳婦與孫子們來暫住，但這種情況也不常有，因為當時交通條件不好，老人家長途跋涉實在不容易。

某天，我母親有事去了一趟市區，辦完事回來的媽媽很驚訝地發現大鍋冒著熱騰騰的蒸氣，因為還不到煮飯的時候，她好奇地打開大鍋蓋，嚇到整個人一屁股坐到地上。鍋裡有個超大的蜂窩，因為奶奶相信燉蜂窩吃對身體好，她在散步途中發現樹上的蜂窩，就摘下蜂窩放進鍋裡煮了。不過對出生於都市的媽媽來說，這看起來就只像是婆婆耍心眼想要嚇媳婦，孔洞密密麻麻的蜂窩看起來恐怖到簡直讓人起雞皮疙瘩。媽媽用夾煤炭的夾子把蜂窩夾去外面丟掉，奶奶發現時已經太晚了，她很生氣，於是馬上就回鄉下去了。之後奶奶就再也沒來過我們家，然後她就這樣過世了。

兩位女性實在太不一樣了，媽媽覺得那個蜂窩「很噁心」，害怕到顫抖，奶奶則是指責媽媽說：「老人家想吃點對身體好的東西，不顧危險摘來蜂窩，無情的媳婦卻把它丟了。」

雖然奶奶與我的短暫同居生活就這樣結束了，但蜂窩事件卻留給我深刻的印象。腰挺不直的矮小老人用一根竿子摘下蜜蜂群恐怖地嗡嗡叫的蜂窩，這激起蜜蜂的報復心，開始猛烈地攻擊，然而什麼保護裝備都沒有的奶奶，卻輕鬆地把牠們趕走，然後還想把蜂窩塞進媳婦煮飯的大鍋裡煮，一切都好驚人。我奶奶不是在暖炕上講老虎故事給孫子們聽的人，她看起來幾乎就是活在故事書裡的魔女，那時我對弟弟被蜜蜂螫到額頭送醫的事還記憶猶新，奶奶的摘蜂窩事件當時在我眼裡看來就猶如驚人的武功一般。

我奶奶屬於神話時代裡的人，而我父母則屬於近代的人，他們完全不相信不合理的事，只相信金錢的力量。我父母努力儲蓄，一存到錢就買公寓，他們不就此滿足，幾年後跟銀行貸款買了更大的公寓，就這樣反覆地換更大的公寓，退休後他們用賣掉公寓的錢過著養老生活。對曾為職業軍人的父親來說，神話或傳說是遙遠國度的故事，槍得要扣下板機，砲彈得要落在計算好的地點上，無線對講機得要跟總部接上線，士兵得在定位，而指揮官得有系統地統率士兵們，軍人天生討厭不合理的事。

但某種隔代遺傳狀況卻發生了，在我身上發現了奶奶的氣質。她用一根竿子就能壓制蜂群，她相信在這種情況下獲得的蜂窩會散發某種神祕力量，奶奶的這一面跳過了我父親遺傳給我了。奶奶不曾告訴我什麼故事，但她讓我知道我是從何而來的，我父親是由層層理性包裹起來的人，雖然我也是他的兒子，但在精神上我應該比較接近活在神話信念系統中的奶奶。

我很小就迷上小說，對我來說小說的世界屬於只拿著一根竿子就走進森林裡的人，屬於在森林裡發現蜂窩後會流口水的人，屬於相信蜂窩有奇妙藥效並把它帶回家煮的人。小說中的人物總是活在可見事物的彼岸世界裡，不管是掉進兔子洞裡的愛麗絲，或是為了擺脫無聊日常而沉浸於戀愛小說中的包法利夫人，或是把臉盆當作頭盔戴著出發去冒險的唐吉訶德，他們都活在「彼岸」的世界，並賦予在那個世界裡發現的事物很大的意義。但是如果他們帶著戰利品回到現實世界的話考驗就會開始，唐吉訶德的藏書被燒掉，包法利夫人則是自殺了。

不久前大家開始認為韓國生產尖端電子設備是理所當然的，在某方面這看來是事實。追究起來，是我父母這種人建設起了現在的韓國，他們快速地接受了西式生活，根據合理性的原則調整生活，用推土機剷除老舊的房子，建起高樓層公寓式社區，現在接到市民通報的消防隊員會用噴霧式殺蟲劑與火焰摘除蜂窩，毫不留情地除掉這個與乾淨俐落的高樓大廈完全不搭的異物。不過對我們來說，我們還是留下了文學這個蜂窩，因為肉眼看不到，消防隊員無法摘除。我相信在韓國這完美的資本主義模範國家的某處，依舊還有這種蜂窩與相信蜂窩的人類，他們想像無法想像的事物，他們相信肉眼所見不是全部，他們相信技術發展並不是所有問題的解答。現代化的搬家服務真的能消除人類對於住家的神話般長期恐懼嗎？打雷這種自然現象靠避雷針的發明就能輕易壓制住嗎？我要問的就是這些事，關於這種問題，找出只有文學能夠回答的方式，而這就是我所關心的事物。

第三部　前往意想不到之境吧

寫作的目的是快樂，寫作的倫理是新意

較少被鞭的人寫的文章

大學時您並非主修文學，也許這件事反而對您有幫助嗎？

沒錯，我認為文學的魅力在於它的開放性，活在世上任誰都能試著寫作一次看看吧，我覺得這種開放性是文學或文字所具備的力量，因為文學是不斷地捕食周遭非文學事物而成長茁壯的。

我以前長期在學校教寫作，我不常讓學生互相評鑑，互相評鑑有時是種壓迫。最近雖然已經不會如此，但以前某些老師會叫兩個吵鬧的同學出來互搧巴掌，一開始都會輕輕地打，但會莫名覺得對方打得比自己大力於是越打越大力，之後演變成超大力地互搧巴掌。我認為互相評鑑就是存在著這種殘忍。

因此我不讓學生互相評鑑，而自己在練習寫作時也沒有做，大學時期我也沒加入什麼文學會或做過類似的事，我只是獨自寫作讀書，該怎麼說呢？就是單純為了自己的快樂而寫，我認為這就是寫作的根本。我想也許就是因為這樣，在我踏入文學界時，大家才覺得我的文字很特別，因為這是「較少被鞭的人」寫的文章，正因為較少被鞭所以比較大膽嗎？膽子很大又不清楚能不能這樣寫，有勇無謀的莽撞由此而生。然而當時這種東西若說它是魅力的話就是魅力，若說它是缺點的話也是缺點，若考慮到文學的本質，我認為這種開放性很重要。

如果不想接受這種壓迫，就必須盡可能小心地接觸評論與指教，尤其是學生間的評論更是危險，只要是人類都會有猜疑與忌妒之心，所以會看不太到朋友作品的優點，因此我認為盡可能別接受這種壓迫比較好。我常這樣對學生說，你們已經進藝術學校了，這已是無可奈何的事了，在這裡的四年間，各位的責任就是保護好自己內在的小小藝術家，不讓他們受傷，最後帶著完好無缺的他們離開，期望你們能珍藏好寫作的快樂，順利畢業。

現在還很享受寫作的快樂嗎？

啊，並沒有。這應該算專家的兩難，而且我會煩惱，怎樣做才能感到寫作的快樂呢？一開始當然都是快樂的，我認為作家與作品之間存在著蜜月期，若用其他方式說明，可能是某種頓悟。在蜜月期裡，會很驚訝自己能表達出某些東西，看到其他人對此的反應又會再驚訝一次，會有各種的快樂時期。但是一旦這個期間過去了，像我一樣一下子就過了十年的話，接下來就會開始煩惱不一樣的問題了，會發現有些領域光靠快樂是不能走下去的。

從這個角度來看，對正在制度裡必須學寫作、教寫作的學生與老師，您有什麼話想說嗎？

有個高中生在我的網頁上提問，問題的主旨很簡單，「要怎樣才能把作文寫好呢？」我回答他：「為什麼想要寫好呢？所謂的寫好是什麼呢？」這些是更重要的問題，而他省略了這些問題，只問：「要怎樣才能把作文寫好呢？」因為寫下文字的人和文字太貼近了，這就像你問「要怎樣才能過好人生」是一樣的，把問題變難了。然而文章當然不是人生本身。

我認為文字的魅力就在於在世界與人之間架設有趣的橋梁，我旅行後寫遊記，那一刻起，文章就會替代實際的世界，馬可波羅寫下《馬可波羅遊記》後，實際見過的世界會消失，留下來的只有《馬可波羅遊記》而已，因此文字並不是人生本身。由此可知，想要把文章寫好在各方面看來都不是一件簡單的事，所以我才會這樣說：「不要想著要寫好，為了快樂而寫吧！」於是就有人留言：「寫作還有快樂的時候喔？」

所以結論還是不快樂吧？

沒錯，說出那些話後，我反而擔心這樣說其他人會不會生氣。我這才明白，原來寫作對很多人來說是痛苦的，原來有人為了寫作一直坐在電腦前，卻眼前一片黑暗。那麼為了自己的快樂而寫作又是什麼呢？那是從何而來的？為什麼寫作會讓人快樂？思考這些問題的機會來了。

我認為如果寫作讓我們很快樂，那就是因為寫作解放了我們。人類在監獄裡也寫作，真的很痛苦的時候也會寫作，關塔那摩灣拘押中心中[17]的囚犯會在紙杯上用叉子寫詩，之後交給律師送出去，這些文字最後集結成詩集出版了。不過如果他們很平靜快樂地生活，還會寫出這樣的詩嗎？被關在監獄裡，真的很煩悶、很痛苦時，人們才會寫作。

我認為寫作帶來的這種解放感很重要，制式教育裡的寫作有系統地扼殺了解放感，高中生會問要怎樣才能把作文寫好，是因為他相信有一條能寫好文章的路，就像問怎樣才能學好數學一樣，問：「結構重要嗎？句子重要嗎？」我認為這些問題都不重要，只要是受過基礎教育的人就能寫出句子，只需要這種程度就可以做到的事，就是文學。這時重要的是自由地說出壓迫自己的東西，我覺得最基本的喜悅就源於此，一種解放的感覺。

寫老師指定的題目時，孩子們幾乎都感覺不到快樂吧，那麼就要寫被禁止的東西，寫老師禁止學生寫的東西。我偶爾會跟學生說，寫一定要藏進書桌抽屜的東西，寫不能

17　美國海軍在古巴東南部的關塔那摩灣設置的一座軍事監獄。

讓父母看到的文章。倒過來說就是，會想拿給父母、老師看的文章本身就有些問題。

有問題的意思是，那是流於表面的文章嗎？

沒錯，正是如此，那種東西不可能帶來快樂，雖然當下能獲得滿足感，但熬了幾晚寫作的那種快樂則是來自於被禁止的事物上。歷史上很多巨作原本都是禁書，仔細看那些禁書的寫作過程，就會知道沒有熱情是真的寫不出來的，他們是抱持著除了自己以外沒有人會寫的使命感而寫的，這也是寫作的重要動力，自己內在的某種壓迫、父母親的壓迫、學校的壓迫、性方面的壓迫，我覺得在傾吐並暴露這些東西的過程中，寫作的真正快樂就會出現。我認為青少年們能寫出的好文章就是這種文章，沒辦法爽快地拿給父母或老師看的文章。

小說的倫理

您要大家寫有解放感的文章，還有暴露受迫事物的文章，那麼請問金英夏作家您自己認為小說應該是怎樣的東西呢？

米蘭．昆德拉的散文中出現過這樣的一句話，「和很多人想的不一樣，小說與現實歷史沒有什麼關聯，小說只跟小說本身的歷史有關。」他的意思就是說，小說只跟以前有怎樣的小說有關，跟現實的歷史無關，這是個很果斷的主張。我也認為小說和以前的小說有關係，但並不代表我這輩子要寫的小說主題都已經定了，而是代表我的小說是我對以前其他小說的回應。我覺得這不是在誇大妄想，基本上所有小說都是對以前小說的回應，看了各種韓國小說、外國小說，對這些讀過的書回應道：「啊！原來你所想的世界或語言是長這樣的啊！人類原來是這樣的啊！但是我是這樣想的……。」我認為作家基本上需要好好聆聽問題，不是聽世界所丟出的問題，而是去聽以前小說所丟出的問題，再以自己的方式訴說。這種情形可以再度引用米蘭．昆德拉的話：「如果一部小說沒有找出人們至今尚未知道的部分，那這部小說就是不道德的小說。」這裡說的道德，指的是作者的道德。不能出版了無新意的小說，也就是說，反覆問問過的問題或說已經講過的回應是不行的，他甚至說這樣的行為是不道德的，講得真的很大膽。這樣看來，與其說我的作品有一貫的計畫，不如說我剛開始在九〇年代中後半期的小說，是在回應以前所謂的感傷主義文學，一位叫做金英夏的作家回應道：「世界不是這樣的，而我的小說也不是這樣的。」

我以外的很多作家本質上都在做這樣的事，如果作家的回應有意義，那位作家或作品就會存活下來，相反的，若回應沒什麼意義或是太奇怪，就會被埋沒在眾多作品之中。一開始只要回應以前的小說就好，但是如果小說家想要存活下來，有天就必須要回應自己的小說。

還要回應自己的小說喔？

我的小說每個時期都不一樣，很難收攏到一個方向，長篇小說尤其是如此，因為每個時期我所想的問題都不一樣，回應也不一樣，而且新寫的小說也會回應自己以前出版過的小說，所以我不管小說是否能獲得青睞，小說的方向是自然而然就會改變的。

我們好像也可以稍微轉化一下米蘭．昆德拉的話，改成「新意才是文學中至高無上的倫理。」但是要找到新意真的很難吧，連《聖經》都說「日光之下無新事」了，那麼對金英夏作家來說，有沒有新意的寶庫或屬於自己的祕訣呢？

嗯……這應該不算祕訣。獲得諾貝爾文學獎的美國作家東妮．莫里森（Toni Morrison）說過一句很有名的話：「我會先掃視我的書架，去寫書架上沒有的書。」還有某位作家說他寫的是自己想讀的書，這都是類似的意思，就是努力想寫出自己想讀的書，或這世界上還沒出現過的書。我比較喜歡東妮．莫里森的話，重點是掃視自己的書架，掃視書架的意思就是審視目前已經寫過的書。對作家來說讀書應該是極為重要的事，讀完後對自己拋出重要的問題，有我真的想知道的、想要聽的回應？或是至今不曾從別處聽過的部分嗎？這些東西我能新穎地表現出來嗎？我大概可以這樣形容，為了要思考這些問題作家總是在掃視書架，寫出一本想要放進去書架上的書，身為作家至少應該有這樣的野心。

一個人的人生瞬間崩塌的故事

《殺人者的記憶法》的主題是「邪惡並不可怕，可怕的是時間」，年紀漸長就會越來越關注時間議題嗎？

時間好像一直是我關注的事情，在過了四十五歲後，我會用稍微不同的觀點看文學或所有事物，這本小說也提到了一些，以前看《奧德賽》覺得是有趣的冒險故事，這次重看後發現奧德修斯不斷與記憶交戰，他不是不想忘記自己過去是誰，而是不想忘記自己應該回鄉的未來記憶。另外，還有索福克里斯的長篇悲劇《伊底帕斯王》，這個故事竟然是一天內的故事，底比斯城內瘟疫猖獗，神諭指示要抓到罪魁禍首，但在當天天亮前，伊底帕斯王才知道自己就是罪魁禍首，所以他刺瞎了自己的眼睛離開了宮殿，他終其一生以為自己是最聰明、最厲害的人，而這一切都在一日內崩壞。

《光之帝國》也是如此，主角在北韓生活了二十年，而後被派往南韓，又生活了二十年，他以為這一生過得還算不錯，但一切卻在一日間崩塌了。所以在發表小說時，歐洲才有人問我是否在向希臘式悲劇致敬，因為這是四十年對比一天，是超長時間的不對稱吧。

《殺人者的記憶法》中，主角很平靜地接受自己的阿茲海默症，一個人自然地接受自己的死亡與記憶喪失，這是很不自然的事，他之所以能這麼平靜，是因為他將自己的不安轉化為妄想。在他的妄想中有個照顧自己的女兒，還有會威脅到自己生活的女兒的男朋友朴柱泰，他的敵人在外部，幸好如此他才能夠平靜地維持自己的生活，但這個假象並不能長久，最終還是崩壞了，所以我們會覺得這個人「輸了」。我對這樣的故事很感興趣，一個人的人生瞬間崩塌的故事。

短篇小說與長篇小說

短篇與長篇有什麼不同？

最近我主要在寫長篇，而寫短篇時我就會追求要更「像短篇」，寫短篇時會更自發性地努力一口氣寫完。例如，如果短篇小說是在路上看到別人爭吵，想像發生了什麼事的話，長篇小說就是為此停下來，問他們：「在吵什麼啊？」短篇小說好像是暫時看見的強烈印象，我的短篇小說〈今日咖啡〉是我在光化門的星巴克寫的，而有些短篇小說則是在調時差時在飯店房間所寫。

我寫短篇與長篇小說的態度是完全不一樣的，寫短篇是抱持著想著嘗試各種事物的輕鬆心態寫的，該算是為了寫長篇的牛刀小試嗎？因為長篇是賭上人生的問題，會花上兩、三年的時間，長的話會寫個五年，在這個期間要和作品中的人物一起生活，根據我的經驗，結束一部長篇小說的寫作後，就會完全變一個人。我會寫日記，所以我知道這件事。

走到意想不到之境的故事

故事結尾是怎麼寫出來的呢？常常是一開始就先定好才寫嗎？

我大多交由故事中的人物決定，人物間會產生化學變化，常常會出現意料之外的發展。到達不了我想要去的地方，而是到達意想不到的地方，對小說來說這是很正常的事，從這個碼頭到那個碼頭要過一條江，但因意想不到的事而到達意料之外的地方也是很正常的。就算是天才型作家也無法準確預測自己的小說會有什麼事情發生，如果能準確預測，這個小說就是極為單純的小說了。

走到意想不到之境的故事會有什麼意義嗎？會帶給讀者什麼東西呢？

不會帶給讀者什麼東西，就像我們去經歷我們的人生一樣，小說也是用「經歷」的，經歷這一切的同時就能了解其中有什麼意義。女人和男人戀愛，談戀愛的期間雖然會想，這段戀情的意義是什麼、那個男人對我有什麼意義，但其實並沒有什麼意義。人生中所發生的事受很多因素影響，我認為戀愛是男女雙方同時經歷許多現實或幻想，而小說也是如此。我被故事中人物折磨著完成某作品，而讀者就會經歷各自的虛擬現實小說，之後也許會知道這其中有什麼意義，也許不會，沒有什麼訊息要傳達，只是一種「概念植入」。

作家的幻想，讀者的幻想

那麼對於寫作的人來說，小說是什麼呢？

寫小說時會經歷某種幻想，別的人物會出現，這些人物是自己走進來的，但是這和讀者所經歷的事是無關的。前面已經說過，我認為作家是劇場的守衛，我擁有劇場的鑰匙，如果用那把鑰匙打開劇場的門，演員就會進去演戲。雖然我會指示他們，但有時演員不會聽我的話，劇終時我就會離開，我離開之後，觀眾就會買票進去，因此我所經歷的幻想和讀者所經歷到的幻想有點不同。就像我們即使經歷相同的現實每晚卻會做不同的夢，而小說就是如此。就算大家讀同一本小說也會各自做不同的夢，對這本小說各自都會擁有不同的記憶。

覺得「不可行」的作品

我想到您在《見》中公開過關於〈緊急出口〉的誕生祕辛，您說當時您以為這部作品會因為與當下韓國的文化氛圍不符而無法發表，有沒有其他作品也是在經歷相同煩惱後而發表的呢？

很多，幾乎大部分的作品都是如此，〈避雷針〉也是這樣的作品，我說：「要不要來寫個為了被雷劈而到處跑的人？」聽到這句話我老婆笑了，她以為我在開玩笑，因為她覺得這不是文學，這很像漫畫劇情。其實一開始我的小說就被評論為具有漫畫性而不是很有文學性，因為劇情發展快速且常常發生奇怪的事件。

〈吸血鬼〉在當時也是個很陌生的題材，當時我也在想：「發表這樣的東西會怎樣？」現在回顧起來，抱著這種煩惱寫出的作品結果都很不錯，《我有破壞自己的權利》、《光之帝國》與《黑色花》都是如此。而《殺人者的記憶法》也是如此，有人說過：「讀者大多為年輕女性，卻讓七十歲的老人當主角，這樣的故事讀者會買單嗎？」而且主角還有阿茲海默症，這更是讓人無法理解。但是只要有人嘲笑我或對我說「不可行」，就會燃起我的鬥志，我總是想寫這樣的故事。

是有反抗的心態嗎？

與其說是反抗的心態，不如說是我的本性。我認為所謂的文學不是只寫可以寫的東西，文學的歷史不就是作家寫著看似不能寫的東西，然後漸漸擴張成形的嗎？以前的人認為寫很高尚的詞句才是文學，但各個階層的人們開始當起了作家，整個領域就擴張了。有些作家會深掘自己的內在，持續鑽研同一個主題，而我則是比較接近探險家，如果有個目前還沒好好被處理過的領域我就會想要寫，我會想：「為什麼這種東西不能是文學？為什麼不能寫這種故事？」我認為寫小說只要主題有趣，就沒有什麼題材是不適合的。

作品被翻譯的作家

我認為小說在國外被翻譯出版時，是帶著一國的文化與文化外的其他部分一起傳過去的，這和電影不同，是讓人有深度地了解世界。從這個角度看來，無論我同意與否，被翻譯本身就是件有意義的事。

有人說：「如果奧罕·帕慕克（Orhan Pamuk）是伊拉克作家的話，美國就無法如此輕易地進攻伊拉克。」透過小說，奧罕·帕慕克仔細地描寫出伊斯坦堡的風景，也描繪出在土耳其生活的人，描繪他們的樣貌與生活。伊拉克有石油，但他們卻不像土耳其一樣擁有世界知名的作家，彷彿沒有人類生活在這個國家一樣，因為人們無從想像這個國家人民生活的樣貌，我們只能感覺到這是海珊所支配的邪惡帝國，因為我們並沒有機會去了解在這塊土地上的人，以及他們的生活。

而有馬奎斯（Gabriel García Márquez）這種作家的南美，情況則完全相反，他的存在讓人莫名地覺得好像那裡的人就是我們的朋友，感覺那裡會有魔幻般的事，會自然發生既愉悅又帶神祕色彩的奇異事件。書本的工作就是要帶給人這種親近感，因此作品被介紹給國外讀者真的是一件很新鮮的事。

無法避免誤譯

就算是相同的單字，每個國家的人感受都會不同，您覺得翻譯是相通的嗎？

翻譯的歷史就是誤譯的歷史，而誤譯也常常引來好的結果（笑）。我認為誤譯是無法避免的，我只希望運氣好一點，因為誤譯也可能讓作品變成比我寫的還要好（笑）。

如果沒有誤譯，我們就沒有這麼多世界文學可以讀了。重讀小時候讀過的作品，會發現很多不像樣的翻譯，即便如此我還是讀得很享受，就算誤譯也沒有讓我對杜斯妥也夫斯基或雨果（Victor-Marie Hugo）失望。關於翻譯，沒有任何東西是能確定的，所以我也就不會太在意了。

身為國家代表隊的小說

國家極力傾向把藝術當作一項「工作」看待，不知是否因為來自讀者、國民或民族的壓力，我們常會討厭讓其他國家的讀者看到作品中描述自己國家的醜陋現實，關於這點您有什麼想法呢？

小國的作者總是會面臨這樣的情形。如果在美國這種國家出書，不論你願不願意，在美國生活的同胞或在母國的人都會賦予你一種「國家代表隊」的角色。米蘭・昆德拉說過類似以下的話，作家無法成為自己，而是成為了代表國家的人，對作品的詮釋也會因此受到一定的制約。

奇異的小說世界

二〇一四年九月，海雲台望月山丘祭演講

還記得第一次讀小說的心情嗎？對我來說那就像是進入了一個被禁止的世界一樣。不閱讀時，我們生活在日常的時空中，生活在熟悉的世界中，媽媽幫我們做飯、爸爸每天上下班的世界，在學校和朋友相處、學習有用事物的世界。不過家裡書架上不經意地擺著大人讀的小說，小朋友抽出來開始讀，馬上就受到衝擊，那個世界完全不同於我們身處的熟悉世界，翻開書頁的瞬間冒險就開始了，不是飛上天就是變成孤兒，不是施展魔法就是登陸無人島。我們在那驚人的世界中逗留，直到爸爸下班回家或媽媽問我們作業做完了沒，我們才裝作若無其事的樣子回答：「爸，你回來了啊？」或是說：「作業早就做完了！」我們能瞬間再次回到那奇異的世界裡，只要打開書本或闔上書本，我們就能從這個世界瞬間移動到那個世界。小小年紀在小說中體驗過的事物特別難忘，直到晚上躺在床上時都還會想起來，就像夢境一樣，但又跟夢境不同，因為昨天的夢境很少今天又夢到，但小說卻是連續的，隔天早上起床只要翻開昨晚讀過的小說，我們就能馬上回到那個世界裡了。

美國學者喬納森・哥德夏（Jonathan Gottschall）在《大腦會說故事》（*The Storytelling Animal*）中，用模擬器的比喻舉例說明了人為什麼會著迷於故事。他表示透過故事我們能夠體驗人生的各種事件，如果沒有故事的話，對於沒經歷過的事件人類會很難知道要怎麼行動。作者舉航空母艦上的艦載機為例，戰鬥機很貴，而且讓戰鬥機著陸於航空母艦上是很困難的任務，因此戰鬥機飛行員利用模擬器練習無數次虛擬著陸後，才真的能讓戰鬥機著陸在航空母艦上。

人生中很多事件都是如此，如果把經歷當作練習，很多事就會變得太重要又太沉重了。戀愛或結婚是每個故事中常見的事件，但在人的一生中不僅不會經歷很多次，有時還可能是很危險的事，像這樣有極重要且有意義的事件，人們要怎麼預先準備呢？那就要透過模擬器虛擬練習了，一邊感受類似的情感，一邊想著在這種情況下我該怎麼做。

世間的故事大多都具備很簡單的中心結構，大多是發生了某個打破安穩生活的事件，有人起身對抗那個事件，最後恢復生活的平衡，雖然也有很多實驗性的文學，但過去數千年間依舊維持著這樣的基本結構。對人類而言，想像力是很強的精神武器，想像力主要用於設想未來發生的巨大事件、可能會破壞自身生活平衡的事件。不過個人的想像力是有極限的，我們很難想像不曾經歷過的事，不曾在周遭看過、聽過的事，因此人們會聽或讀其他人的故事，透過這些故事做好心理準備，決定自己在道德與實踐層面上對這些事件要抱持怎樣的態度。

小說的目的是為未來也許會發生的事件做準備，所以小說常會出現在現實中很難看到的恐怖事件，而可以算是小說原型的希臘悲劇也是如此，父母殺子女，兒子弒父，國王發現自己和母親同床共枕後刺瞎了自己的眼睛。現代的小說中，重大事件也比比皆是，想想你們喜歡的小說吧，故事中發生了什麼事件呢？擁有一切的貴婦人和年輕男子外遇。老漁夫帶著輕鬆的心情去捕魚，結果開始和超大的魚搏鬥了起來。如果有個漂流到無人島必須自己生活的男人，就也會有個人出去打仗，親身體會生命的無意義。在飛向宇宙的宇宙飛船中，與想要操控人類的電腦對決，或是為了拯救面臨危機的世界，出發尋找魔戒。在親戚家飽受虐待的孤兒少年，知道了自己的特殊身世後進入了魔法學校。就算沒有這些嚴重的事件，珍．奧斯汀（Jane Austen）小說中的主角也是糾結在戀愛與婚姻議題中，這些議題對當代女性而言是賭上一生的事，有的被意想不到的男人迷倒，有的要阻攔不懂事的朋友忽視身分差異而結婚。

單看事件的話小說確實是模擬器，但是電影、舞台劇或電視劇都有這種功能，表演類作品的劇情能在相對快速的時間內發展，進展快到沒時間讓人感到無聊，不過提到讓人深刻吸收事件與深思作品意義的層面，這類作品也因此有所侷限。即使如此，現在還是有很多人不是透過小說，而是透過其他類型的敘事型態，去滿足幾百年前人們對小說的期待。不過依然有很多人讀小說，這代表什麼意義呢？因為小說依舊保留了影視故事中沒有的東西。

電影或舞台劇也有人物，雖然他們也常留給我們強烈的印象，但小說的人物是以另一種方式烙印在我們心中。小說中的人物有很多東西是留白的，因此讀者一定得稍微創造一下那個人物，由於是自己創造的，所以小說中的人物算是有一部分存在於讀者的內在。不過電影中的人物就不存在於我們的內在了，電影基本上就是在四角形的底片裡，電影是在白色的銀幕內展開的，不是三角形也不是圓形，從電影被發明以來已過了一百年依舊如此。那個四角型也很像巨大的窗戶，我們透過那個窗戶「觀賞」著某處，比如說珍．奧斯汀的作品《愛瑪》，我們在小說中讀到愛瑪跟電影中看到愛瑪是完全不同的體驗，讀小說時我們能恣意想像書中人物，然而電影中演員的容貌卻被定型了，原本我們所想像的空間，在電影裡也侷限於美術導演重現的畫面裡了。美國作家保羅．奧斯特（Paul Auster）用二維與三維的經驗來比喻這種特性，電影是投射在平面上的畫面，所以本質上電影是二維的事物，電影本來的名稱就是叫活動的照片，在英語名稱中依舊保留了這個痕跡，電影的英文是motion pictures，意思就是會動的照片吧？相反的，小說不是平面而是三維空間，它會帶領我們進入想像的世界。每次閱讀小說我們就能感受到自己不是在「現在、這裡」而是在「某處、別的世界」，那裡也許是十九世紀的俄羅斯宮廷，也許是紐西蘭附近的無人島，也許是佛羅里達的漁村，但其實它不是任何地方，而只是我們內心自己創造出的虛擬空間罷了。

幾年前我去了翻譯出版過我小說的國家，某位教授一再地對學生說，透過我的小說能夠充分了解韓國社會，於是我這樣說，當然我小說的背景大多是韓國社會，但只要進入了小說中，那裡就不是韓國，不是中國，也不是美國，而只是讀者心中新誕生的另一個世界。閱讀時自己描繪出的虛擬空間，用比現實世界更強的吸引力把我們吸進去，深陷過小說中的人都會懂，剩下的頁數漸漸變少，我們就知道小說要結束了，也代表我們漸漸接近要離開虛擬世界的時刻了，此時真的會覺得很可惜。我覺得喜愛小說的人一定都感受過這種感覺，雖然隨著劇情發展就很清楚小說要結束了，卻還是想繼續留在小說的世界裡。

不只有小說中的空間如此，小說中的人物大多也都是我們自己想像出來的，我們不曾見過他們的臉，卻感到無比熟悉。米蘭・昆德拉在寫《生命中不能承受之輕》時故意不提及角色的外貌，即使如此，問讀完這本小說的讀者，主要角色托馬斯、特麗莎、薩賓娜長怎樣，大家都會說得頭頭是道，一旦告訴他們：「可是小說中沒有這些描述耶？」

他們就會主張內容肯定有描述，說自己有讀到，但是小說中沒有提到一句關於托馬斯身高或特麗莎美貌的話。就算是這樣，對於我們在小說中接觸到的人物，我們有時會覺得他們比親戚朋友還親近，也許因為他們是讀者積極地想像而創造出的人物，所以才更鮮明地烙印在心底。因此看了很多小說且讀得很深入的人，算是比其他人知道更多樣的人物，也比其他人經歷更多，當然這種人會比其他人還懂得了解、同理與預測他人的情緒。根據紐約新學院心理系的研究指出，比起閱讀以事件為劇情主軸的小說讀者，閱讀著重人物描寫的小說讀者對他人能產生更深的同理心，也更能猜到別人的意圖。

人類要在社會中生活，所以能深度理解他人是個很重要的議題。簡單地說，人生是經歷無法預測之事與面對各種難以理解之人的生活過程，所以重要的是做好將會遇到這種事件的心理準備，深入且正確地理解可能某天會遇見的人。

最後，小說能引導我們走向失敗與死亡。人活著就無法避免失敗，就算避開了所有失敗，死亡這最終極的失敗，任誰都逃不掉。小說所講的完全就是失敗與失敗者的故事，而且很多小說都以死亡做結尾，或是內容中出現死亡，我們看到這些故事，就能學到人生有限，失敗無法避免。在小說中，失敗有時算是比成功更讓人敬畏的事件。《老人與海》的老人就算只拖著魚骨回到港口，讀小說的我們知道他和那隻魚多麼激烈地打鬥過，那隻魚嚥下最後一口氣後，他又和那隻想啃食魚肉的鯊魚多麼激烈地打鬥過，所以我們無法說他很蠢，他失敗了，卻令人敬畏。小說中充滿著這種失敗，老唐吉訶德憧憬讀了一輩子的騎士小說世界，踏上了他的路途，卻只成為了別人的笑柄，不過對於他的這種行為，我們也只是笑著讀，我們人類全都有追尋幻想逃離日常的渴望，唐吉訶德只是用稍微誇張的方式表現出來而已，光看著他無法感受到敬畏，但是我們能感受到對人類的同理與憐憫。

小說這個奇異的世界好像與我們生活的現實世界完全不同，但實際上卻息息相關，猶如地球與月亮的關係，月亮就像擺飾品一樣掛在黑暗的夜空中，只能反射連光合作用都無法進行的微弱太陽光到地球上，即使如此，地球上發生的很多事都與它有關，月亮造成了潮差，女性的生理週期也受它影響，很多生物都隨著月亮週期移動、交配、產卵。小說很像月亮，小說也許也在不知不覺中深深影響著人類的生活，雖然人們以為自己只是因為覺得有趣而讀小說，小說卻以我們沒發現到的方式在影響我們的生活，這些影響我們平常無法意識到，也不用去意識，也許這就是小說最棒的一點吧？因為小說至少不會強迫我們任何事。

沒有溝通

平行宇宙中的作者與讀者

對金英夏作家而言，讀者是怎樣的存在？

活在平行宇宙中的存在？我寫的小說與讀者讀到的小說是同一個作品，卻又不盡相同吧？偶爾讀者會告訴我他讀了我的小說，並描述我的小說如何如何，而我卻感到很陌生，他口中的小說好像不是我的作品，我們好像活在不同的維度中。為了寫小說我盡心盡力，我不是和小說中的人物一起生活嗎？完成小說寄送出去後，小說就是另一個世界了。來到釜山，我想到了造船廠，造船廠盡心盡力造船然後把船送出去，之後船就是船主的東西，而船則載著不認識的船員與乘客航向造船廠所不知道的港口和航路。聽說船在下海時不是把船推進海裡，而是讓潮水灌進來，這樣一來船就會浮起來航向大海。我關心的事只在於盡心盡力造船讓潮水灌進來之前，航行到海上之後它就是別人的船了，我只求它能長長久久地航行，希望它能做很多好事。

沒有溝通

您很活躍地用臉書與 Podcast 跟讀者溝通交流，那透過小說的溝通又是如何呢？

我不認為讀者與作家會透過小說相互溝通。我不會透過小說傳達訊息，寫小說時我只跟我的小說溝通，我會在我創造出的世界裡和那些人物對話，並和他們一起經歷那些事件。因此，如果我認為小說完成了，我就會走出那個世界，接下來那個空間就不是由我進去，而是讓我的讀者進去了，之後小說就開始與讀者溝通，然而其中並沒有我的位置。這樣看來，溝通是只能間接完成的事，然而我們的教科書卻好像有種強迫感，因為教科書中常出現這樣的問題：「這篇小說的作者想傳達什麼？」我和我的小說人物溝通完就退場了，而讀者則會在作家消失的位置上，和小說中人物建立起關係。

寫小說並不是和其他人一起分工，一切只和我自己有關。其實我花了很長的時間領悟到這點，寫小說和讀者並沒有什麼關係，純粹是我和我的世界的議題而已。就算不發表我新完成的長篇小說，我也已經透過寫作過程感到充分的滿足，當我把小說完成拿著它時，這本小說就是我的，沒有任何事能破壞這份快樂，如果當下不覺得非得馬上發表，我就會把它放在家裡，這樣一來那個世界與我就有關係。如果單看寫小說這個行為，讀者其實沒有特別重要。

作家是不老的芭蕾舞者

前面您說作家是劇場的守衛，而寫小說的行為與讀者無關，那如果用劇場來比喻的話，讀者只是過著自己的生活，順便進去劇場的人嗎？

作家的工作與讀者很不一樣，作家透過寫作來感受快樂，而讀者則透過閱讀來享受快樂。乍看之下兩者很相似卻又很不一樣，就像芭蕾舞者與觀眾的關係一樣，對芭蕾舞者而言有觀眾的喝采很好，但是芭蕾舞者真正煩惱的問題主要是要怎樣做動作才能做得更好、這個情感要怎樣表現得更好、演技要演得多精湛。作家就像不老的芭蕾舞者，也就是說就算老了、退化了，跳躍的高度也不能變低。

小說這個媒介

讀者邊讀小說會邊找尋意義，讀小說本身有什麼意義嗎？

我認為小說的意義是這樣的，某個故事發表後，兩個自我的對話就變可能了。我們一般人的自我很脆弱，沒有媒介就直接碰撞的話容易受傷，不能長時間接觸，那麼我們需要什麼呢？需要中繼兩個脆弱自我的媒介，需要敘事作品。因此我們送朋友書當作禮物，因為這樣一來對話才變得可能，比如說，有人會說：「你看過〈旅行〉了嗎？喂，不能跟那種男人交往啊！」若沒有這樣的媒介，就很難說明與男人交往的痛苦經驗與恐怖經驗了。

最有深度的溝通

其實所謂的溝通與現實有距離，且讓人感到更孤單，就算我們認同了溝通有其侷限，那為什麼我們依然總是想製造溝通的機會呢？

我認為真正有深度的溝通是不可能透過對話達到的。小說能夠讓人與人實踐真正有深度的交流與共鳴，首先我們會和作品中的人物溝通。我所體驗過最有深度的溝通是我在與作家同事的聚會中或朋友的酒局中都沒有感受過的，而是靜靜地一個人在家讀書時與書中內容、書中人物們的交流，也就是和書溝通的時候感受到的。因為電影只有兩小時，實在太短了，看電影不曾讓我有深度溝通的感覺，最有深度的溝通是夠過小說所獲得的。而且以此為基礎，也就是透過閱讀小說來了解他人後，讓我能實際與人相處。

寫小說是最積極的聆聽

不論《我聽見你的聲音》的書名來由為何，這都在暗示一個人與另一個人建立關係並與之共存的方式。耳朵是打開向外的，聆聽是對他人敞開自己的行為，也是接受他人聲音的行為，聆聽就是接受、承受、經歷。如果聆聽是一種生活方式的隱喻，那種生活就會是開放、被動、包容的，那麼感受就會是那個生活的本質。其實主角傑伊就過著這種生活，他把別人的痛苦當成自己的，他所體驗到的依附感也許就是極致的聆聽。而東奎也是如此，平常他在日記中記錄傑伊的話，東奎在傑伊加入飆車族且人間蒸發後還持續聆聽著傑伊。聆聽也是小說中對理想倫理態度的比喻，曾經提供食宿給流浪傑伊的Y在輔導飆車青少年，Y勸告在寫小說卻沒自我的小說家，叫他聽劇中人物說的話。請問金英夏作家認為寫作倫理是展現於聆聽、感受與依附之上嗎？

我認為寫小說是最積極的「聆聽」。寫小說的時候，作家本身會解體，如果沒有解體是不可能寫出新小說的。作家會在誰都不曾拜訪過的陌生地方開始工作，當然那裡也許有老舊的地基痕跡，可能有蓋到一半的房屋，但是那些都只是線索而已。總而言之，作家每次都要在新的狀況中以新規則接觸新的人物，小說中的人物才不會聽作家的話，不論再怎麼呼喊，他們好像沒聽到似的做著毫無相關的事。最後作家領悟到自己的言詞並沒有到達自己所創造的世界，這是很奇怪的經驗，而且時間流逝，小說中的世界開始有自主性，他們只會根據「以前寫過的東西」過活，他們並不在乎「作家的期望」。到小說結尾時，作家對這個世界的掌控力會收斂到零，然後作家會知道，現在是小說角色們在說話，作家在聆聽。

因此我認為在成為倫理之前，「聆聽」是作家要直接面對的命運，作家自己（的信念、知識、習慣、政治傾向、喜好）慢慢解體後，投入大量的勞動，創造出一個世界，之後作家才明白這個東西就是聽到後寫下。所以問作家透過這個作品想表達什麼，這樣的問題是無意義的（我很常被問到這樣的問題），也許原本有想要說的東西，但在寫的過程中忘掉了，這就是答案。

初戀般的書

二〇一三年十一月，yes24網站文化祭〈合作派對〉演講

有人邀請我談談「初戀般的感覺」，不論是書、電影或其他相關的內容皆可，一開始我覺得這沒什麼了不起，心想：「一定有這樣的內容吧，之後我再想想。」但當演講日快到的時候，我開始擔心了起來，主要是因為我無法清晰地想起我的初戀。對於有人能夠確定初戀的時期與對象，我一直感到很訝異，要怎麼確定這件事呢？我的初吻是在大學一年級，發生在名字非常有文學氣質的屠格涅夫丘，就在母校的山丘上，要走過那棟長得不怎樣現在叫同門會館的樓。我無法確定那個人就是我的初戀，在這之前還有其他強烈吸引我的女性，在那之前好像又還有其他人，我甚至還想到小學坐我隔壁的同學，我不清楚這是否就是「戀愛」。

就算沒辦法確定誰是我的初戀，我想肯定有初戀般的書，所以我就去了書架前，但

是在這裡我又遇到同一件事。我可以輕易找出帶給我強烈衝擊或是讓我著迷的書，不過卻無法斷定那就是第一本，我總是會想起另一本書。就像舊情人一樣，我已經記不清某些書的內容，只依稀地想起模糊的情感，就像屠格涅夫丘的初吻一樣，只想得起和那本書有關的某些行為，「啊，那本書是在學校前的書店買的，是某個朋友給我的生日禮物，是借給朋友好久之後他才還我的。」大概就是這樣。

塞滿這種書的書房是思想上的迷宮，一旦走進去就無法輕易逃脫。大家應該都有過這樣的經驗吧？想要選一些書丟掉於是走進書房，不知不覺雙腿一伸坐在地板上，認真地看起好久以前買來卻沒看過的書，書房是迷宮的證據就在此，人一旦走進書房就很難把他送出去了。在書房這個迷宮遊蕩時，會覺得自己很像調戲無數女性的老花花公子，「啊！這本書就是因為這點所以不錯，那本書因為那樣所以很有趣。雖然記不清楚了，但那本書好像也很厲害。啊！那本書也讓我沉迷了好一陣子，但內容記不太得了……。」這樣一說真的好像惡劣的花花公子獨白啊。

我認為書籍是一種精神上的情人，雖然書放在我的書架上但它其實是屬於另一個世界，所以初戀般的書如果是過世作家的書或見不到面的外國作家的書會比較適合，因為像我這種會實際出現在各位面前暢聊的國內作家就沒有神祕感了。我高中時住在蠶室，高三時每週日早上會和就讀永東女高的女學生一起在教堂做彌撒，結束後會經過石村湖一起走路回家。這位女學生完全就是一位文學少女，有天她約我一起去看舞台劇，我們就一起去了大學路，這齣劇是由演友舞臺劇團改編黃芝雨詩人原作《鳥兒們也會離世啊》的劇，當時我覺得詩很奇怪，劇情也很陌生，對於一位在看《三國演義》的男高中生而言這可是強烈的文化衝擊。還有一天我們去看改編黃皙暎作家《韓氏年代記》小說的舞台劇（啊，這也是演友舞臺劇團的作品），當時我甚至不知道有一位名叫黃皙暎的作家。

在這之後，確切來說是二十年後，黃芝雨與黃皙暎兩位一起來我當時待的美國愛荷華大學找我，因為此時我也已是作家了，我們三人在我的房間徹夜喝酒。這種心情非常奇怪，我陪著高中時期女友喜歡的詩人與作家一起喝酒聊天，別說開心或幸福了，反而感到某種失落感。從那一刻起兩位作家從我的記憶中分離出來了，他們變成和我一起生活在同世代的實際人物。之後我很幸運地和黃芝雨老師成為同所大學的同系教授，短暫地一起工作過，和黃晳暎老師則是一起參加過法蘭克福書展與萊比錫書展的活動。不過成為作家後，和曾經只在書裡見過的偉大作家前輩和詩人認識並非只有好的一面，雖然現實中的他們一樣是很優秀的人，但躲在作品光環後的他們更神祕、更帥氣。

我依然在書房裡，就算不是這種與直接記憶相關的書或作品，還是有很多書會激起我的特別情感。究竟初戀般的書是怎樣的呢？我是這樣想的，有些書曾經讀過並喜愛過卻實在無法丟掉，這些書就是初戀般的書。

人生在世總會有那麼一次偶遇很久前分手的舊情人，自己變了，對方也變了很多，就算見面時間很短也能感受得到，明明還是同一個人，感覺卻像另一個人。而書也是一樣的，有時我們重讀很久前喜愛過的書，會因為和記憶中很不一樣而感到慌張，這種書不會只有一、兩本，不，應該是說，我們反而很少看到和以前記憶幾乎一樣的書。那些曾經愛過而現在卻被丟在角落的書隱約地告訴我們，不論是初戀或是舊愛，對於很久以前經歷的情感劇變，也許我們多少都是隨自己方便而記憶的。

會來這裡的人都是喜愛書的人，所以我相信大家能理解這種感覺，我們是喜愛書，而不是喜歡某一本特定的書，對書的喜愛是會改變的，有時會喜歡這種作家，但又會馬上沉迷於另一位作家，一下讀法國小說，一下又沉溺於日本小說，有時甚至連小說都不讀，只讀歷史書。雖然有句電影台詞說愛怎麼能夠改變，但會變的才是愛，說自己真的很愛書的人，卻一輩子不停地只讀同一位作家或特定作品，這種人的話能信嗎？我不相信這種人。

因此踏進書房的那一刻，我們就下決心要當花花公子了，不管是打開心房讀新書，還是重讀以前讀過卻不太記得的書，發現以前沒發現過的新面貌後獨自感到快樂，連最親近的朋友都無法一起分享這種快樂。讀的書越多越能領悟到，這種祕密的快樂無法和其他朋友分享，現代的閱讀基本上是個人的行為，甚至不能和寫那本書的作家分享閱讀感想，這雖然很奇怪，但現實就是如此。因為作家在完成那件作品後也變成了一位讀者，雖然他比一般讀者多讀了數百次，把作品記得很熟，但那份記憶也會在一段時間後變模糊，作者也就變得和其他讀者沒什麼不同了。

一本書與閱讀那本書的獨特經驗，只留給了讀者個人，閱讀無法和任何人分享，那我們為什麼要讀呢？正是因為無法跟任何人分享，所以才要讀。我們所生活的時代，幾乎所有事都是公開的，我們的日常生活每天從開始到結束都是共享、公開的，網際網路、街上的監視器，還有我們消費的痕跡都一個個累積起來成為大數據，而工作的職場連我們的靈魂都想奪走，這是個「被洗劫一空」的時代。不過透過讀書所獲得的東西是任誰都拿不走的，也就是說讀書不是為了和別人共享什麼，反而是為了追求絕對無法和他人共享、只屬於自己的那片世界與內在。

如果有一百位讀者，就會有一百個不一樣的世界存在，這一百個世界彼此完全不同，他們讀的書不一樣，就算是讀同一本書，對於那本書的記憶與情感也都不同。在這個屬於自己的東西逐漸消失的現代，我認為閱讀之所以重要的理由就在於此。閱讀創造了我且守護了我，獨特的我，擁有不會被任何人奪走內在的我，擁有如此堅固且屬於自己的內在之人、擁有自己世界之人，能夠以尊重別人的方式生活著，我認為這樣的世界就是理想的模樣。有種生活是結束一天的行程，安靜地回家吃一頓簡單又好吃的晚餐後，躺在自己的床上接著讀昨天讀的書，或有種人會在自己的書房與內心裡，當一位誰都無法阻擋的思想花花公子。這樣的世界是我所夢想的理想社會，雖然不簡單，但還是可以做夢吧，而且夢想也是任誰都無法奪走的，就如同初戀的記憶也是任誰都無法奪走的。

第四部　沒有記憶地記住吧

寫什麼？為什麼寫？

連續殺人犯的書單

《殺人者的記憶法》中，有個設定很有趣，一個年老的連續殺人犯寫殺人日記，因為寫作能力不足而去上詩詞的課，中間還劈里啪啦講了很多他讀過書籍的段落。

寫小說時就算不設定小說劇情，也要先盡可能蒐集關於人物的資訊之後再開始，收集好那些很像主角會讀的書後再開始寫小說，這麼一來小說寫到一半休息時，就會讀那些小說，讀到合適的部分就會放進小說裡。年老的連續殺人犯金炳秀則不會看小說，但他會看佛經或《查拉圖斯特拉如是說》這類的哲學書，不然就是《奧德賽》這類的史詩。

我會列出一張書單，上面有很像他會讀的書，連一些有的沒的都會準備齊全。我做了一份有好幾百個問題的問卷，站在主角立場上填寫問卷，在這個過程中，一般會想到很多東西，比如說小時候最印象深刻的場景、最痛苦的事，或是否有宗教信仰。就算沒有信仰，那也要回答信念體系與思想的問題，說說對世界有何想法，還會回答喜歡聽的音樂、家住在哪、有沒有養寵物、是否在大家族中成長、成長過程中是否沒有父母陪伴等等。因為這些都只是人物的背景，在小說中並不會顯現。

作家有數百個房間

您說《殺人者的記憶法》是您將擱置十年的故事拿出來寫成的，聽說當時您寫作的速度很緩慢嗎？

我有一個抽屜放滿了只寫了一個段落就失敗的小說，要開始寫小說，至少要對第一個句子和段落感到滿意，這樣才有繼續寫下去的勇氣。作家有數百個房間，打開門走進去時，房間必須歡迎我才可以。這本小說也是如此，我打開了一道很久前關上的門，這次的環境是能繼續寫下去的環境，所以我就開始寫了。我以第一人稱視角的語氣寫下了第一個句子和第一段，感覺當下是寫這本小說的時候了。

時候到了才做

我很好奇現在還在抽屜中沉睡的作品，是什麼原因而無法問世呢？

那些小說並不單純是故事太「厲害」，而是因為我沒辦法寫好，讓大家讀那種東西可是不行的（笑），也就是說目前為止我沒能力處理這個故事。我並不認為故事有分好題材與壞題材，差別只在於有能力處理的作家與沒能力的，但是只要時候到了故事就會發光。像是《殺人者的記憶法》這個故事，找到合適文體與人物且等我到擁有處理故事的能力，就花費十年的時間了。偶爾把抽屜裡的作品拿出來看，想著：「也許能重新寫看看，也許能改一下。」如果覺得不行就再收回去，如此下來，收在抽屜裡的作品量就成了發表作品的兩倍了。

沒意義就寫不出來

作品是作家艱辛灌注生命而孕育出來的，如果沒有很多讀者去買這些作品，作家應該會覺得很洩氣。目前現實是以「暢銷故事與賣得不好的故事」作為判斷一部作品好壞的標準，對此您有什麼看法呢？

寫一部長篇小說一般都要花一到三年，長的話要花上五年，這麼辛苦地寫完小說，如果完全賣不出去的話的確會讓人感到無力。我周遭的人會說，既然要寫就寫會受讀者歡迎的作品，但是也不能只寫這種作品。寫小說時，如果作家連自己都沒辦法說服，就會感到洩氣，「我為什麼要寫這個東西？這個東西對我有什麼意義？」不這樣持續的自我叩問是不行的。如果只為了暢銷而寫，我應該會撐不下去，如果寫書沒有意義，我乾脆去做其他工作好了，反正寫書又不是能累積巨富的工作。

小說就是要能創造出一個虛擬世界，之所以要創造虛擬世界，是因為我們無法直接說出來，必須透過寫小說的過程，讓無法付諸語言的深沉事物出現。因此先意識到讀者的存在才寫作是有問題的，因為這種內容就不是源自於作者內在真正的衝突，而是配合他人的喜好標準而寫的。剛入行成為新人作家時，我有種想要讓世界、讓人驚豔的欲望，會更想寫一些好像不能寫的東西，打破禁忌時還會有種快感。

取材的真實感

《我聽見你的聲音》中的主角傑伊，在江南高速巴士客運站的廁所被一名少女生下來。如果高速客運轉運站對路過的異邦人來說，是一座城市的縮影，傑伊似乎就代表著異邦人，世界上任何地方都沒有他們的家，他們是屬於世界卻又在其中漂泊的人，而且因為傑伊是在廁所中誕生的生命，他的命運又屬異邦人中的下層人生。誕生於都市街頭的孩子，這個主題並不令人驚訝，不只有我一個人從傑伊的出生故事聯想到村上龍的《寄物櫃的嬰孩》，但是即使傑伊的出生與經歷在文學上並非先例，這也沒讓我們感受到炒冷飯的感覺。

怎麼會這樣呢？也許是因為現實主義的關係。《我聽見你的聲音》裡有很多描述都強烈地讓人想起文本外的現實世界，尤其是傑伊的經歷，他的經歷超真實地再現了十幾歲貧困少年的生活，包括大學路 B-boy 的嘻哈風語氣與青少年式言語，在書中都模仿得維妙維肖。結尾部分有段小說家的故事讓人聯想到作家您，他為了寫關於傑伊的小說而到處取材。十幾歲少年的離家、同居、混亂的兩性關係等，透過新聞輿論已成了眾所周知的事，但我想金英夏作家自己應該做了很多取材工作吧，傑伊這個角色是建立在真實人物的基礎上嗎？想要再多聽一些關於小說素材蒐集的相關故事。

我喜歡取材，取材是最令人興奮的時刻，也許是因為取材是正式寫小說之前的準備工作。寫新小說的期待感趨近無限大，因為一句話都還沒寫的小說有百分之百的自由度，而取材時一切都是允許的，內心敞開且心靈純淨，對所有東西都很寬容，因為一句都還沒寫。

寫《黑色花》時，我去了墨西哥和瓜地馬拉，光是看到沒有江河與山脈橫亙其間，一望無際的廣闊荒土，這次的考察就值得了。寫《光之帝國》時，我還見了和我同年的脫北者，當時他住在首爾外圍的出租公寓，那裡是脫北者的聚居地，我們握完手後一起吃飯，他是黨幹部的兒子，畢業於平壤的頂尖大學，還去莫斯科留過學，這樣的人在我面前吃著比目魚生魚片配燒酒，那天我從他身上感受到的「真實感」，在我寫小說時一直陪伴著我。

在我下定決心寫《我聽見你的聲音》時，也做了很多取材工作。我見了後悔過去曾做過飆車族的專科大學新生，還有專門查緝飆車族的警員與輔導志工，而就像小說中的事件一樣，我還買了二手的傳真機，去找過輔導團體，其實用不著如此費心四處尋找，只要稍微看一下四周就能看到無數個傑伊和東奎。取材是有效的，但問題卻在後面，蒐集到的「現實」已超越小說豐富的內容，我的功課反而是思考怎麼將蒐集到的強烈現實塞進小說小世界中，就算要犧牲蒐集到的真實資訊（或者說透過犧牲的方式），又該怎麼做才能縮小文本與讀者之間的（安全）距離。也就是說，要考慮該怎麼做才能讓這種真實的現實，在通過文學語言的過濾器後還保有真實性（不，應該說是更放大真實性）。這種煩惱在著手寫小說後仍然存在，意思就是在決定文體或是人物設定時也會一直持續著。

典型是不自然的

聽您這樣一說，又再次感受到取材這項工作的力量了，取材於如此多元的生活現場似乎就能掌握世界的整體變化情況。對於貫穿我們生活內部的變化，現役作家中就屬金英夏作家最敏感，而且鮮少有人成功地以小說形式呈現出對這種變化的感受。多虧金英夏作家與其他作家對美的感受力，我認為過去二十幾年間韓國小說在形式上有很大的進展，在成長小說、世情小說、冒險小說、奇幻小說等各種類型中，韓國小說已經改變，地位已無法被翻轉，這種變化的過程中，感覺作家對小說形式的意識也變敏銳了。作家習慣寫自己想寫的故事類型，但不論是優秀作家或是沒意識到自己習慣的作家，所有作家都煩惱著要怎麼擺脫那樣的習慣。

有趣的是，這種對小說類型的反思工作，不僅在以當代生活為主題的小說中進行，在以遙遠過去生活為主題的小說中就已開始了。金英夏作家的《阿郎，為什麼？》對歷史小說的傳統拋出了疑問，但仔細觀察會發現，您對歷史小說這個類型好像不只是一時的興趣而已。關於該怎麼說歷史，在《黑色花》中可以感受到作家做了很多功課，有很大的野心。首先，關於連結個人故事與集體故事的方式，我們習慣讓部分與全體統一，感覺您有意識地在打破這種邏輯。

本來我就很喜歡歷史，也喜歡小說，可以同時消化兩者的就是歷史小說。在步入文壇的初期，我就想寫一本好看的歷史小說了，但是研究現有的歷史小說或以過去歷史為素材寫成的小說後，我看見了幾個應該摒棄的點，這點在電影《薄荷糖》中展現得一覽無遺，一個角色完全乘載了歷史的型態，歷史的曲折、試煉與象徵全都透過一個人物展現出來，此人和周遭各個人物交集並展現曲折的歷史。從洪命熹的《林巪正》開始，無數的歷史小說都倚靠著這所謂歷史的典型，但即使是在小說中，我還是懷疑一個人物能否體現歷史，人類並不是偉大的存在，所以《黑色花》中雖然出現很多歷史上的轉折點，卻跟之前的小說不一樣，角色不會將歷史內化，不會把自己活成歷史的總和。

這和我們要怎麼接受現實有關，與文學的知識論有關。其實我們生活中也聽說過某種「典型的」人物故事，比如說，在光州抗爭存活下來的人說出活生生的證詞，不過很多部分我們是經由電視新聞或報章雜誌媒體接收到的碎片般的資訊，然後像拼拼圖一樣拼出屬於我們自己的真實樣貌。舉例來說，就算要寫關於ＬＡ黑人暴動的故事，也不必非得讓經歷那場暴動的人登場，也許這只是我草率的判斷，但我覺得在文學範疇內這種方式已經看起來不自然了，如今硬說這種人物與情節是自然的說法，已經不自然了。

那麼該怎麼做呢？那就得將多元素材變得更現實，這和現實主義的問題不同，我們要盡可能活用在現實中取得資訊與故事的方法，直接把素材變成小說，我認為正因為沒做到這部分才讓某些讀者覺得小說很陌生。不管怎麼說，跟隨著角色走確實很自在，不過除此之外還是有很多其他的處理方式。

近代文學與類型文學

既然談到了類型，也想聽聽您對所謂「類型文學」的看法。想先請教您，您覺得「類型文學」在本質上是什麼東西呢？

廣義來看，近代文學講的是建設世界或想建設世界的問題人物登場後，與世界的虛偽、非理性、不合理對抗的過程。但是類型文學處理了近代主流文學沒處理的黑暗、人類邪惡的欲望、逃避的欲望、破壞的衝動與殘忍等領域。

文化資產的國籍

那麼您認為這種類型文學拋出了什麼訊息給我們的創作環境呢？

所有被引進韓國的類型文學都貼著國籍標籤，史蒂芬・金（Stephen Edwin King）是美國製造，柯南・道爾是英國製造，是這樣的形式。我想現在該撕掉國籍標籤來思考了吧，以前韓國也有做過由喜劇演員具鳳書騎著驢子進酒館喝米酒的韓國式西部電影，也製作過好幾部吸血鬼電影，這種文化已經撕去國籍標籤而被韓國化了，拋棄對原創過度執著的時刻應該到了。外國類型文學的遺產已經成為了我們的東西，還記得小時候班上會吵著分福爾摩斯派跟亞森羅蘋派嗎？這已成為我們的文化資產了，如果要避開這些東西，創作就沒有東西可以寫了，把這種東西全都去掉的話，我們就只剩下對家族關係絕望的憂鬱主角了。

我認為積極活用這種文化遺產的作家就是樸玟奎，他的小說若無其事地用韓文寫出了小時候我們在《少年中央》[18]上讀過的尼斯湖水怪或外星人等的故事，他讓我們知道

18 《少年中央》：韓國中央日報專為十幾歲少年所做的每週雜誌。

這種素材使用在正規文學中也完全沒問題。其實在樸玟奎之前，沒有人想過職業棒球能夠成為正規文學的素材，那個世代大多數人的幼年時期都有棒球相伴，難怪大家會覺得這個主題不適合被當作認真的文學。如果幼年時期對福爾摩斯或是外星人故事感興趣的作家，寫作時卻不能寫這種主題，因而自我審查的話，我們在文學方面很容易就變得營養不良了。

正規文學的「類型化」

您指出在素材上類型文學對韓國創作環境能有正面的貢獻，此外還有什麼要注意的點嗎？

雖然這是有點大膽的說法，但韓國的正規文學現在也該想想「類型化」的危險了。類型化就是即使不說大家也知道的事變多了，例如黑幫電影中的黑手黨，我們沒必要再多說明了吧，只要口袋有點凸起就算不說大家也知道那是槍，長風衣加上紳士帽的話就是刑警。同樣地，最近韓國純文學的主角都習慣憂鬱，至於憂鬱的原因，不是因為失業憂鬱就是因為失戀憂鬱，不然就只是因為憂鬱症而憂鬱，就算不說明也沒關係，這和類型文學的規則很類似。不僅如此，大家也不會特地說明為什麼每個人都窮到住半地下室或頂樓加蓋，因為前提是大家都懂，看起來大家都偏向家庭關係淡薄、興趣相似，例如沒有主角是喜歡軟式網球、高爾夫或滑水的，如果純文學有設定類型規則，就會有條要排除這種興趣的規則，而組模型這種能自己玩的興趣就會被允許（笑）。

做新春文藝獎或小說徵集審查時，偶爾會有種不祥的感覺，感覺最近的文青也許已熟知這種類型規則了，參加新春文藝獎徵集的作品徹底被這種規則束縛了。推理小說大多會發生殺人案，而且這個殺人案大多發生在密室裡，而科幻小說中的機器人沒辦法攻擊主人，未來大致走向反烏托邦的型態，也許稱這些東西為規則似乎不是很嚴謹，但至少參加徵集的人之間有些共同遵守的原則，而我只是在懷疑韓國的正規文學中是否也默許這種協議存在。

字典裡沒有的字

您好像從早期就對於將實際生活的語言帶入小說中很感興趣？

新人時期我在小說裡寫了某個用語，我的編輯說這個用語沒有在字典裡所以不能用，我這樣回答：「字典是蒐集作品中的用語編撰而成的，現今作家寫的詞彙會變成語料庫，之後再變成為字典。」類似的事之後又發生過幾次。我認為「字典裡沒有所以不能用」這句話太不像話了，身為作家我必須點出這件事，字典是提取過去的文學作品收錄成的，要我依照字典寫作，就像叫我只用教科書裡的用語寫小說一樣，而小說並不是這樣寫的。

文學語言與日常語言

請問您怎麼看文學語言與日常語言的差異呢？

我無法直接說死，因為兩者間存在著無法分割的緊張關係。有了印刷技術後，固定的文字拋棄了活生生的語言可能性。我不認同手抄是練習寫作時期的好方法，在教學時我反而常讓學生錄下人們的對話來解釋，我認為必須在對話之中發現詩意。詩人黃芝雨好久前就看破這件事了，詩與有詩意的東西是不一樣的，但有詩意的東西就在我們周遭，仔細看ＰＳＹ《江南Style》的歌詞就會發現詩意，例如「思想比肌肉更加發達的男子漢」，這個部分不是很有趣嗎？我都會倒過來說成「肌肉比思想更加發達的男人」（笑）。

我認為把這種語言多帶入文學裡，韓語的可擴張性就會變得更豐富。

讓我成為作家的事物

二〇〇八年五月，哈佛大學演講

大概在我十歲時，我和當時身為陸軍少校的父親、身為家庭主婦的母親，還有弟弟一起住在離停戰線不遠的前線地區，因為生活並不富裕，我們住在部隊前面的單間出租房。某個夜晚，父親在部隊裡，弟弟去了親戚家，而母親和我煤氣中毒了，房東發現我們母子到早上都沒起來就叫了救護車，救護車出動把我們載往軍醫院，醫療團隊給失去意識的母親和我高壓氧，幸好在各種處置後我們恢復了意識，當時很多人家都會用燒煤炭的地暖，因此常發生因燃燒煤炭而一氧化碳中毒的死亡事故。

時光流逝，我成為了一位作家，成為作家後要回憶過往經驗的情形自然就變多了，尤其是要回想幼年時期的記憶，這時我才發現我完全沒有某個時間點前的記憶，準確來說是沒有煤氣中毒前的記憶。長期以來都沒有任何人來拜訪我年幼時期的那個記憶空房，它就被擱置在一旁。小孩子不太會回顧過去，孩子們會想「今天要玩什麼」、「什麼時候去野餐」，他們並太會去回想「兩年前真的好幸福啊」。事故後不久如果努力反覆嘗試回憶過去，也許還能稍微恢復一些記憶，但年幼的我完全沒意識到自己失去記憶，就這樣活到現在了，因此在記憶方面我的人生可以說是十歲後才開始的。

對作家而言沒有記憶到底是不是不利的呢？這個問題我想了很久，難道這件事對作家來說沒有特別有利的點嗎？對作家而言，大眾少有的經驗永遠都是資產吧？但是不幸的是，這件事故在我的作家人生裡到底扮演了什麼正面角色，至今我都還沒找出答案。當作家已經過了十三個年頭，到現在都還找不到答案的話，我認為以後找出答案的可能性也幾乎為零。雖然所謂的作家是思想的煉金術士，能夠將極差的記憶化為文學資產，但作家卻無法從空白的記憶中創造出任何東西。

不過在思考消失的記憶時，我發現另一個事實，那就是我特別執著於被遺忘或消失之人的故事，我總是被去了某處而完全被人遺忘的人吸引，例如我的第一部長篇小說《我有破壞自己的權利》中出現了自殺嚮導，這個角色不光是勸誘或幫助他人自殺，還會聽他們說故事並記錄下來，某方面看來，顧客算是和自己的生命交換故事，即將要自殺的顧客接受了這場交易，與其被忘記，他們選擇被記錄下來，然後他們會安靜地消失在小說的舞台後。這本小說中最後只留下負責記錄的自殺嚮導（作家）而已，和他見面的人不是去了沒人找得到的地方就是離世了。也許我寫這本小說，就是為了說服自己相信我想成為作家的理由，金英夏幼年時期的記憶已經消失地一乾二淨，也許我是為了找回那份記憶而開始寫作的。因為我的人生不可能是從前線軍醫院的高壓氧治療機中開始的，我一定是來自某處，只是那些內容大多留在記錄與他人的口中，在父母的記憶中、在婦產科醫院的記錄裡、在國家所管理的住民登記資料中，那裡有十歲以前的我。不過這些都太模糊了，與這種正式記錄與口傳相比，寫作對我來說可以算是不斷創作出我的過去並加以潤色的工作，我將許多人物的人生塞進這空白的十年裡。

我曾在某處讀過以下的故事。

兩個男人為了找中古車零件而來到廢車場，廢車場的主人叫他們自己四處找找看想要的零件，不過因為主人養了一頭山羊，要他們小心一點。兩個男人為了找零件四處晃，發現了一個又深又黑的洞，覺得好玩就扔了個石頭進去，卻沒聽到石頭落地的聲音。

「這個洞很深耶！」

他們扔了更大的東西進去洞裡，但還是沒有聽到聲音，最後還拖了一個超大又超重的變速器扔進去洞裡，但過了好一陣子他們依舊沒有聽到聲音。

但就在那個瞬間，有隻山羊從某處跑了過來突然停在洞口前，之後就往洞裡跳了進去，他們嚇了一跳，跑去找主人，他們沒提到變速器，只說羊跳進洞裡了，主人歪著頭這樣說：

「不可能啊，我把山羊緊緊地拴在變速器上耶？」

我十歲以前的人生就像這個洞一樣，寫小說就像朝洞裡扔東西一樣。我十歲以後的人生和我寫的小說，還有這之外的其他東西好像全都被吸進去洞裡了，然後突然有一隻山羊跑來瞪著我看，接著跳進洞裡，這時我才發現那隻山羊跟先前被丟進去的東西是綁在一起的。例如我的第三部長篇小說《黑色花》，故事講的是在一九〇五年離開墨西哥，在瓜地馬拉叢林消失的一千零三十三位韓國人，自認了解我的讀者，與寫出小說的我自己都很訝異，我為什麼寫出這樣的小說。當時大家知道我是會直覺地描繪出年輕世代生活的新人作家，而《黑色花》跟這種評論完全不符，那我為什麼會寫這樣的小說呢？當時我並不了解。這本小說源自於我的電影導演朋友，他在飛機上告訴我一個很短的真實故事，從朋友那聽到故事的那一刻起，我就被這個故事深深吸引。現在我終於能知道原因了，《黑色花》果然又是一隻被綁在變速器上的山羊。

我的第四部長篇小說是《光之帝國》，說的是北韓間諜的人生故事，他服從黨的命令滲透南韓，卻被上級忘記。人生的一半在平壤生活，剩下的一半在首爾生活，這個人的真實面貌漸漸變模糊，曾經是北韓間諜的男人，現在變成喜歡海尼根、德國導演文・溫德斯（Wim Wenders）和清酒的人。《光之帝國》對我而言又是另一隻山羊。

當然我也不是整天都只朝著漆黑的洞裡看，但是我不能否認我的生活就像這亂七八糟的廢車場一樣，在某處有個又深又黑的洞，因為偶爾會突然有隻山羊跑過來站在我面前，然後又朝洞口的方向消失不見。

我人生的起點離非武裝地帶南方界線只有幾公里遠而已，那裡的軍人比平民還多，如今這樣的人口比例也沒有太大的變化。但是就如同我剛剛所說的，因為我沒有十歲以前的記憶，能記得的過去大概都是十歲以後的生活，當時我家又再次回到非武裝地帶南方的前線。此時父親已晉升到中校變成了營長，當時全斗煥少將是父親的上司，他將在兩年後發動軍事政變掌握政權，屠殺光州示威群眾後當上總統。

小時候生活在非武裝地帶附近是一般人很難想像的經驗，那裡大多是地雷區，就算不是地雷區也因為可能有地雷而不能隨便亂走。

當春天到來，草乾枯了，北韓軍人就會等待北風，一起風，北韓軍就會放火，那把火會燒掉非武裝地帶的草與灌木，如果火往南燒，南韓軍就會把火滅掉，如果吹起南風，南韓軍人也會做一樣的動作，所以非武裝地帶只會長草和灌木，很難看到高大的樹木。軍人們好像稱之為「確保視野」，雖然用意是為了能互相看清楚而把亂長的雜草燒掉，但這個動作其實也有阻止自己人跑過去對方陣營的目的，因為士兵們常會因為各種理由越北、越南地投誠。互相嘗試火攻的軍隊很像《三國演義》中會出現的軍隊，如今依舊是互相對峙。不知道是不是因為這個原因，我現在只要聞到燒草的味道都會感到一股隱約的鄉愁。

某次有個北韓軍部隊拽著一頭豬接近軍事分界線，他們在那神氣地殺豬，然後再背起豬回去享用大餐，就像巴布亞紐幾內亞的原始部落一樣，戰士誇耀自己的陽剛之氣以威脅敵人。寂靜的前線只有殺豬的聲音迴盪著，這個情景實在驚悚，就像一場表演般，演員表演時雙邊的軍人都一副緊張的樣子，也許是在壓抑暴漲的食慾，緊握著 M16 和 AK-47 觀看著這個場面。

非武裝地帶是地球上最奇怪的分界線之一，我住過部隊裡的官舍，夜深時可以聽到遠處隱約傳來的爆炸聲，是在停戰線跑跳的水鹿踩到地雷而被炸死的聲音，不過如果不知情的人聽起來就像鄰居孩子放煙火的火藥聲，還有傳聞說早上士兵會去烤死掉的水鹿來吃。

原則上平民不能居住在非武裝地帶內，但還是有例外。有個叫臺城里的村莊，這個村莊算是一種展示用的村落，房屋都蓋得方方正正，居民在村莊附近都擁有可耕農田，雖然生活在連北韓軍階級章和表情都看得到的地方，村民卻看起來安之若素。一到早上就出門開著耕耘機去耕作，晚餐時就回家煮飯，只要搭著吉普車經過村莊附近，父親就常這樣說：

「如果開戰了，他們是最先死的人。」

生活在危險地區，南韓政府免除了居民的稅金和兵役。他們就像祭司，在名為非武裝地區的神殿中工作著，看著他們的生活，我第一次覺得人生就像齣戲，居然有人的生活是為了展示給別人看的，之後連自己在演戲都忘了，而只是過著日常生活。直到父親說這句話時，我才稍微意識到這些事。

另一方面，非武裝地帶下也有有趣的東西，那就是地道。目前為止在非武裝地帶附近發現了四個地道，根據南韓當局的說法，北韓當局為了南侵偷襲而偷挖地道，而南韓當局則發現了北韓挖的地道。南韓當局覺得地底傳出的聲響很奇怪，於是就像挖石油那樣在地上釘上棒子確認地道，之後開始從反方向逆著挖地道，最後兩個地道就交會了。南韓當局一開始逆挖地道，北韓當局就往北跑了，南韓當局為了譴責北韓，開始用工具挖被他們拋棄的地道，但是北韓卻聲稱這個地道是從南韓那邊先開始挖的。

之後的三個地道也是以類似的方法被人發現，政府以懸賞巨額獎金的方式開始尋找地道，於是形成了掏地道潮而不是掏金潮。生活在非武裝地帶附近的居民只要感覺到一點震動，或是聽到地底傳來什麼聲音，就會開始懷疑是地道，這演變成了集體精神官能症，到目前為止有數千件挖地道的通報，但是南韓當局卻再也找不到地道了。就算找到了也沒有用，因為根據北韓的說法，地道是「你們挖的地道」，所以只會受到攻擊而已。

非武裝地帶就是這樣的地方，這裡有作戲的人生和集體精神官能症，面對既爆笑又原始的敵人，還充滿想互相模仿的衝動。我總是在想像那個跟我們很像卻又終究無法喜歡上的北韓，結果這部分在我的第四本長篇小說《光之帝國》中展現了出來，在平壤過了一半人生，在首爾過了另一半人生的間諜，他的人生和地道很相像，他的人生雖然被肉眼可見的邊界線與非武裝地帶明確地切開，但在地底，地道這個隱密的通道連結起了他的精神世界。

那段時期的某天，有位曾是我父親同事的陸軍中校，只帶著吉普車駕駛兵就越北了，這對當時他留在南韓的家人而言是最悲劇的情況，這就像被宣判某種政治死刑一樣。跟越北比起來，反而踩到地雷死掉還比較幸運，就算他以下犯上槍殺了上司都還比較好，但他卻越過了停戰線，變成了越北的「齷齪叛徒」。

大家馬上就能知道有人投靠到敵方陣營去了，兩邊都對這種消息極為飢渴，只要雙方陣營出現投降者，馬上就會用巨大的擴音器告訴對方，這和神氣的捉豬行為很相似。聽說不久後那位中校的妻子發瘋了，我記得他們家還有個年紀跟我一樣大的兒子，我們都很擔心他即將面臨的命運。

對於這種果斷執行社會性自殺的人，我生平頭一遭對他的內在感到好奇，是什麼東西讓一個人拋棄自己的全部，兩手空空跨入另一個世界呢？越是深思我越覺得這很像對死後世界的宗教性冥想，我開始想以下的問題，我們為什麼會自動前往死後世界呢？那個世界裡究竟有什麼東西？不知道那裡有什麼，只是因為討厭目前身處的環境所以才前往那個世界嗎？而這些問題之後延續到《我有破壞自己的權利》和《光之帝國》的世界裡。

究竟是什麼東西讓一個平凡的孩子成為作家？這個問題的答案有段時間是那些我曾讀過的書籍作者，例如儒勒．凡爾納、卡夫卡、柯南．道爾這些前輩作家，原本我想也許這個方向更接近答案，但是最近我漸漸把焦點轉向，轉到年幼時期的記憶上，答案也許是在我腳下的狹長險惡地道、遠處傳來的地雷爆炸聲、殺豬的北韓士兵、如日本武士般和君主生死與共的二十歲駕駛兵，這些東西沒有任何一樣是明確的，這些行為讓人無法理解，這些東西是撲朔迷離的。發生稀奇古怪、原始或很荒謬的事時，人類就消失了，而他們的命運被關進問號裡，那個問號說不定就此變成了句子，也許我是為了理解無法理解的東西而開始寫小說的。

某些韓國文學的趨勢

風格主義的時代

金英夏作家的作品剛亮相時，被評為與當代小說不同且因而受到矚目，之後不少文風有個性以及有不同感知力的年輕作家就出現了。請問您怎麼看現在的韓國小說呢？

如果在美術史中提到「沉溺於風格主義」，不一定只有負面的意思，也代表技術與技藝有高水準的發展，而風格主義的問題在於「做得很好，卻沒有魅力」，說不定韓國小說也正處於這個階段。出現各式各樣的故事，素材也很多元，但是卻無法進入革命性變化的階段。九〇年代的作家登場時，之所以帶給大家衝擊是因為那些作品和以前的小說不同，很粗糙，少了很多老練的東西，很開心能在那個時代成為作家，當時有這種風氣。我想現在又該要再次迎來這種風氣了吧，如果這次沒等到，可能又要再等個十年、十五年了，也許到時候文學的主體會是多元文化家庭的兒女，這些孩子在十年、十五年後會漸漸出現，我認為在他們之中會出現能代表韓國的世界級作家。

世界文學史中也有很多出身移民、出身殖民地的重要作家，身處日本的韓僑作家就是這種角色。多元文化家庭裡的孩子有使用兩種語言的父母，所以他們的感知力很強，而且他們在變動的環境下成長，所以會以敏感且敏銳的自我意識站在局外人的視角看韓國社會。反之土生土長的韓國中產家庭學生太過均質化了，在住宅區公寓生活的四人或三人家庭中，每天來往補習班，過著很一般、普遍的生活。

反對感傷主義，「九六年體裁」

九〇年代中期前後，時代潮流不是發生了巨變嗎？文學的地位也變了很多。

我在一九九五年步入文壇，我最近才發現一九九五年到一九九六年是韓國在文化方面很重要的一年，像是我們在一九九六年才廢止了對電影的事前審查，而電影雜誌《Cine21》也在這一年創刊。在一九九五年到一九九六年之際的文化界裡，以文學村出版社為中心的新作家大舉亮相，出現了殷熙耕、全鏡潾、河成蘭這類的作家，這麼一想，金薰老師的出道作品也是在一九九五年出版的。音樂界則是開始吹起了以弘大為中心的獨立音樂風潮。

如果能稱這個時代為所謂的「九六年體裁」的話，我認為其核心就是「與感傷主義的鬥爭」。直至九〇年代的前期為止，感傷主義依舊高漲，也就是傾向於以情感為中心。一九九五年殷熙耕出版了《鳥的禮物》，這類作品正應該要在這個脈絡下被拜讀吧？如同殷熙耕以嘲諷與幽默應對，文化的其他領域也以自身方式在我們社會中與漫溢的感傷對抗，比如說獨立音樂的信徒最終還是反抗了以往主流音樂界強烈的悲情主義。從某個層面來看，我認為徐太志[19]也扮演了這種角色，而且這個「九六年體裁」持續到二〇〇六年為止大框架都沒有改變。

二〇〇三到二〇〇四年開始寫《光之帝國》之際，我突然有了這樣的想法，不論之前是什麼概念的對立面，現在是時候要進入下個階段了，雖然不清楚是進入下個階段還

19 活躍於九〇年代的韓國男歌手、作詞作曲家，組成「徐太志和孩子們」樂團，其現代感的舞曲、說唱樂曲風，為韓國樂壇注入新血，逐漸取代在當時樂壇主流的韓國演歌，是韓國流行音樂史上最具有影響力的音樂人。

是被取代，但這讓我開始思考「九六年體裁」的終結。然而這裡有個問題，過去十年大家玩得很開心、盡情的創作，那麼是否想過，這段期間備受矚目的作家端出的新內容是什麼呢？包括我在內的「九六年體裁」文化生產者，正面臨這種問題，如果僅是以對抗某事物而存在，精神上終究有感到疲勞的一天，這句話的文學說法就是，我們光靠否定父親能撐到什麼時候？

大概是一九九八年左右，我記得獨立樂團在弘大街上張貼的表演宣傳海報寫著「媽媽，我只想活到聖誕節就好」（笑），我認為這充分展現了那個時代的精神。但是現在已經不是過去的那個時代了，現在是要求所有文化生產者面對新挑戰的時候，身為作家的我也感到自己有責任，因此要再次創作出很大的小說……我所說的很大的小說是結合了當代人所感受到的問題、痛苦，以及他們的不安、快樂或恐怖的這類情感，就像十九世紀末俄羅斯的巨匠或稍早出現的法國作家的作品，這些部分也要出現在「九六年體裁」中，要有這些東西，我們才能繼續前進，我覺得如果辦不到的話，在某種層面上來說不就真的有點沒意思了嗎？

「被丟來丟去」的人，內在被移植的存在

《光之帝國》裡有出現這樣的內容，基榮騙蘇智說自己想寫小說，他對身為小說家的蘇智說他想寫自己八〇年代大學生時期的故事，而蘇智馬上就說，最近這類的內容太陳腐，不行寫這個，如果要寫的話就要用其他想法寫。這聽起來像作家對《光之帝國》所說的話一樣，想要用與以往稍微不同的方法去眺望八〇年代，算是某種升級版的後日談小說[20]嗎？您的意圖是希望大家不要在倫理上斥責變調的社會運動圈，不要以充滿譏笑的態度看新的失望時代，而是用其他思維去談論吧？

在八〇年代進入大學的人簡單來說就是「被丟來丟去」的人，以前我的前輩作家就像那個時代的主人一樣，他們會說「我們做了什麼什麼……」，我的地位沒辦法說出那樣的話，總是在周圍拍拍馬屁，也不能像裵琇亞[21]一樣批評他們是偽善者，我好像站在這之間。但是包括我在內的當時的人們，在一九八九年柏林圍牆倒塌時又被丟了一次，

20 一般是指回憶過去寫成的回憶錄類型的故事，這裡所說的過去大多是指七〇、八〇年代韓國的社會運動時期。後日談小說大多是指當時投身運動的人以回憶過去的方式寫成的小說。

21 裵琇亞（1965-），韓國作家，小說題材脫離主流文學傳統，是近代韓國文學界大膽的非常規作家。

當時我正在研究所讀勞動過程理論與組織理論，在吳世徹老師的研討會中，很晚才再次研究南斯拉夫模型、中國的文化大革命模型，目睹過最後理論的掙扎。但是這也只是暫時的，不久後我馬上又被丟進徐太志的世界，稍微打起精神後又被丟進了亞洲金融風暴的時代與新自由主義的時代。所以我認為像《光之帝國》基榮的這種角色，他無法像過去成長小說的主角一樣，具備某種倫理中心並明確做出判斷。再整理一下我的想法，和八〇年代末讀大學的基榮相似的人物，他們是「沒有內在」的人物，因為沒有內在，所以不管任何東西或多少東西都可以被移植。我記得一九八六年還是一九八七年，有位前輩對讀小說的我說：「我看過認真讀小說或是美術書的人，但卻沒看過好好搞社會運動的人。」換而言之，就是要摒棄這種情感方面的東西，用邏輯和憤怒來填滿的意思，這聽起來就像是在命令我清除掉內在。但是大學畢業進入九〇年代，我又馬上用其他內容填滿自己的內在了，以徐太志為主的反文化論與過季的歐洲式反抗論突然構成了我的內在，遭遇韓國ＩＭＦ金融危機後，內在又變成了經濟的動物……。

我們假設內在是持續擁有的東西，邊寫作邊閱讀地過生活，現在回溯起來，其實所謂的內在是否根本不存在，又或者內在是被強迫除掉之物的顯現。《光之帝國》的主角基榮就是這樣的人物，他也有過青春期，但是內在卻突然被植入了間諜身分，南下首爾又完全以不同的身分生活，接下來的人生目前還不知道會如何……因此，他回顧自己人生時，感受到的悔恨本質並不是「我被騙了」，而是到目前為止建構我內在的東西為何、我究竟有沒有了解它。

以無矛盾中產階級為中心的文學

以前熱衷看歷史劇時，會誤會朝鮮時期只有王與士大夫，同樣的，如果去看以中產階層為主要觀眾的電視劇，就會覺得朝鮮半島的南部好像只有平均的中產家庭在生活一樣。韓國的中產階級中心主義很堅固，與中產階級生活方式無深度相關的議題都很難引起共鳴，例如教育問題或治安問題一直都很有爆點，而大家對勞工罷工或是財閥企業的財富繼承則不會表現同等的關心。連文學也是如此，在我們所謂的正規文學作品中，很難看到人物間有高度矛盾，除了故意迴避之外，矛盾真的意外地少，然而這並不是因為世界上再也沒有矛盾了，而是因為面對矛盾的文學不合中產階層讀者（或是作者本身）的胃口。就這樣，明明存在於社會裡的部分成員幽靈化，他們就像拉爾夫．艾里森[22]曾經描寫過的美國黑人一樣，成為「隱形的人」。

我在水原的五十一師憲兵隊的搜查科當兵，水原低所得階層居住的地方，有很多年輕人被分配進在地軍隊師團的防衛隊內，有些孩子為了生計，白天當防衛兵，晚上去做夜店的服務生，也有人加入黑道組織成為黑道份子，因此他們容易遇到犯罪這一類的事故，有很多人因而來到我所在的憲兵隊。一九九〇年代初期認識他們後讓我嚇到的是，他們之中很多人「原原本本地」接受自己的人生。他們到了快三十的年紀就已進入同居生活，婚禮這類的事一樣都不會想，雙方父母自然地接受他們同居，準備一些簡單的家用品就讓他們搬出去獨立生活。在殘忍的現實面前，中產階級偽善的道德倫理沒有空隙能插入，過了十七歲還窩在家裡的兒女會面臨沉重的壓力，沒有經濟能力的父母會用盡

22 拉爾夫．艾里森（Ralph Waldo Ellison, 1914-1994），當代著名美國黑人作家，其長篇小說《看不見的人》（*Invisible Man*），又名《隱形人》，獲美國國家圖書獎，文壇視為現代經典之一。

各種辦法把米蟲孩子「排出」家外。在這之後父母與兒女的關係自然就斷了，這種人生在首都圈旁的都市和首爾的特定地區，已經如一般生活型態般擴散開了，二十幾年前中產階級式的倫理道德已經幾乎完全崩潰了，家庭制度也正在解體。

雖然有好幾個讓我寫〈緊急出口〉的契機，但真正的原因是我想寫「隱形的人」，不，應該是我感覺自己有很大的義務必須寫。一九九〇年韓國文學人物的樣貌大多是知識份子（中產階級），寫完〈緊急出口〉已經過了十幾年，但是現在這些人依舊是「隱形的人」，他們的命運只是暫時出現在報紙社會版上，然後在短暫的嘆息中消失。不過並不是隱形就沒有意義，未來中產階層將經歷什麼，十幾年前水源的「隱形的人」已經展示給大家看過了，例如單人戶數急遽上升、沒有希望的未來、自殺率暴增、關係的短期化、暴力的日常化。

最近韓國的中產階層苦喊著說他們的子女暴露於暴力之中，但是這些事件好久前就從社會底層開始慢慢地發酵，如今浮出水面。暴走的孩子們把都市變成無政府狀態，也許《我聽見你的聲音》的角色預言了我們未來都市的樣貌，因為並非只有他們沒有希望，當蒙蔽中產階層視野的假希望消失，都市會瞬間變成叢林，二〇一一年英國的暴動就曾把這個問題曝露在世人眼前，搶劫商店的人和大家想的不一樣，並不是貧窮的移民者子女，大多是英國土生土長的人，其中有很多是受過良好教育的中產階層子女。

對你而言國家是什麼

所謂的國家是什麼呢？

《黑色花》中，二正在瓜地馬拉叢林裡集結只有三十人的同事，說服大家一起建國的段落中，他看起來好像堅定地相信國家決定個人的命運。關於個人與國家的關係，他的想法核心是，對國家的歸屬才是個體的本質，所以當同伴問他，韓國都沒了不如當個無國籍者的時候，他說就算是想要成為無國籍者也要有國家，他的悖論是，如果要從國家上取得自由就要先有國家。我很好奇，金英夏作家認為的國家是什麼呢？

世界人權宣言裡說到人類有選擇國家的權力，是要多不可能達成才會把這句話當成宣言啊？辦一次美國簽證就會知道，去別國旅行都不容易了，何況是選擇國家。《黑色花》中二正的煩惱在過了百年的現在依舊無法解決，另外，很久前就有國界會消失一說，但現在國界概念依舊堅固，而且我們成長在一個一刻都忘不了國家存在的國家裡，韓國曾經是個每到下午五點，全國國民都會在街上站著對國旗敬禮的國家。

但是《黑色花》二正的情況有點不同，他加入過各種集團，一開始是進去了奧羅斯科的軍隊，經歷過好幾個已發行貨幣的準國家反叛軍集團後，最終進了龐丘．比利亞的陣營裡，二正身為活在一九〇五年的人物，能將國家概念相對化在當時是很少見的。不過因為他是個從來就沒有父親的人，換句話說，因為他從小就離開國家，他並沒有機會將國家模型或這類東西內化。其實我認為像安昌浩或金九這些建國初期領導者，他們所經歷的各種問題一部分源自於他們沒有適當的參考模型，而且他們覺得一定要拋棄朝鮮王朝，也就是說絕對不把王朝列入可能的方案，覺得一定只能參照西方或日本模型。

總而言之，連二正這種角色都能把國家的概念相對化了，卻還是沒辦法展望未來，最終在叢林中彷徨。然而趙章潤的情況就有點不一樣，相對來說他對國家有明確的觀念，他曾領取過國家的俸祿，曾經徹底當過國民。雖然二正對國家的態度是懷疑的，但他卻沒辦法明確提出自己的意見，趙章潤逃走後他才不得已擔負起建立國家的課題，當然二正參照了位置上與他們接近的馬雅的共同體。

因為馬雅文明的所在地區與黃河或尼羅河一樣，有一直氾濫的大江，所以並不是有強烈治水必要的地區。中國因為黃河氾濫的關係一直需要中央集權政府，但中美地區是茂密的森林，水資源與食物都很豐富，所以總是弱小國家林立。二正所建的國家也小到很像在對國家開玩笑，其實是小到無法被稱為國家，其組成是與馬雅人共同建立的鬆散聯合型態。總之，也許該將這之後發生的事看作他對國家的一種幻想，如此不得不建立的國家，和過去的任何國家都不同，即使如此國家又好像沒有鮮明的形象，這可能反映出我對國家觀念的混淆。

民族主義與國家主義以及小說

《黑色花》講的是大韓帝國喪失自主權時，選擇移民墨西哥之人的故事，因此民族與國家的問題是處理重點，但您好像不在乎要像一般歷史小說一樣製造民族的意象，不像過去那些以墨西哥的韓國移民為題材的小說一樣，故事重心放在因身為韓國人所受到的苦難與想當韓國人的意志上。如果傳統韓國歷史小說的主角在集體與命運層面上是韓國人的話，《黑色花》的主角就是偶然是韓國人又偶然不是韓國人的人，這很有趣，這是對我們歷史小說傳統慣例開的一個玩笑，也是意義深長的反抗。

短時間內創造民族國家的故事，透過教育與啟蒙傳播給國民並使之內化的過程，也許是過去一百年間我們近代文學的課題，從李舜臣開始到世宗大王，此外還有無數的英雄，他們都是在這個過程中被點到名的。不過創造民族國家故事的課題，不符合我這個作家平時的風格，而且這種作業感覺就像小時候的衣服一樣，對於如今一夕間長大的韓國來說不太合身了。我們好像到現在還深陷於防禦、封閉，像受害者一樣的民族概念中，對於這種民族主義的懷疑與反省，正出現於我們社會的許多領域中，這是我們都知道的事。目前為止，大體上我們能認同國家是超越歷史存在的實體，是永遠不變的，如此一來，對純潔性的執著與種族優越論這種不符合時代的精神病理學症狀，我們就無法加以批評了。如今這種民族主義、國家主義正在面臨各種型態的挑戰。

不僅我的小說，其實很多近代小說基本上把國家放在個人的對立面，提出對此事的懷疑是小說的出發點。《黑色花》的情況則是本來那時代就很有問題，因為故事講的是國家不在了，在思考要不要開啟近代國家模式的時候，國家就完全消失了，所以不管你想不想要，你早已經被捲入國家命運問題之中了。其實老實說，就算我重寫《黑色花》，我還是無法在自己腦中明快地整理出關於國家的問題。如大家所知，光是一個國家存在的事實，就是由很多悲劇與暴力所創造的，我們當然再了解不過了，但是在國家之後的東西是什麼，對於我們可否把國家的存在推向完全的虛無，其實我還沒辦法下結論，這種猶豫不決原原本本地被我寫進《黑色花》裡了。

薩滿與外來宗教的衝突

在墨西哥瓊麻農場中，韓國奴隸與墨西哥人農場主之間雖然發生很多衝突，但是其中最嚴重衝突的展現是薩滿與天主教的衝突吧？當然並非劇中人全都投身於薩滿教中，他們更不是想成為以巫師為中心的神性共同體，但是當危機時刻來臨，劇中角色們的真實樣貌受到考驗，他們就會以薩滿文化主張自己，墨西哥人也會關注薩滿教以區別自己與韓國人。

不論大家願意與否，踏出國界後，我們的身分就是倚靠他人來決定的，《黑色花》中，只因為朝鮮人們都來自相同的地方，他們就以同樣的價錢被賣掉。其實我不太理解薩滿文化，我母親的故鄉是忠南的舒川，是第五代的天主教家庭，這樣的情形真的很少見吧，因為靠近中國沿岸，可能直接受到從中國過來的宣教士影響很大。因此關於家中基督教氛圍與社會上充斥的薩滿教傳統，兩者間的衝突與折衷我從小就很感興趣，比如說祭祀這類的事，韓國的基督教是允許祭祀的，其實嚴格來說這是偶像崇拜，但是韓國的薩滿教傳統本來就很強，所以天主教那一邊就妥協了。

諷刺的是，在韓國當上神父而後去了墨西哥的朴光洙，他在南美遇到的天主教也是被輸入進去的東西。小說中出現過的依納爵．羅耀拉（Sanctus Ignatius de Loyola）這種以耶穌會為中心的宣教集團，還有與之競爭的其他宣教士，他們接受西班牙與葡萄牙的武力支援將宗教移植過去，登陸中南美以後，他們與當地的薩滿文化結合，也產生了質變。起源於巴勒斯坦並在梵蒂岡成形的宗教分成東西兩方向前進，一邊走拉丁美洲的方向，另一邊走利瑪竇的路到中國和韓國，這兩邊在墨西哥相遇，我想過這時會發生什麼事，結果是朝鮮人回到了薩滿傳統上。

我認為朝鮮人有無法輕易放棄的東西，那就是薩滿教性質的部分，比如祖先的祭祀、算命、跳大神[23]、葬禮的程序等，最後如果遇到對自我身分感到混淆的情況，就會想到這些東西該退去哪裡，這也許對任何民族而言都是最熟悉的精神形式，意思就是這些東西很有可能是儀式。因此我的小說人物遇到危機，就會從那熟悉的精神形式中找尋安慰，當然這個儀式就是薩滿教，如果是面臨對死亡的恐懼或經歷嚴重的精神混亂這類性質更強烈的事件，就更不用多說了，這與馬雅人和西印度群島移民所倚靠的巫術相似，而拉丁美洲天主教對當地薩滿教有著恐懼心理，就是在這點上雙方產生了衝突。不是有人會這樣說嗎？內在很柔軟，外部卻堅硬，在堅硬的外部，兩個變形的天主教交會，擦出火花。其實這種與宗教衝突相關的部分，我寫作時沒有參考任何資料，只是我心想應該會這樣發展，覺得實際情況應該會是這樣。

23 薩滿教的一種儀式，是神靈附體的薩滿，其活動包括醫病、驅災、祈福、占卜、預測等問題，活動時要戴上面具，身穿薩滿服，與其他響器的配合下，邊敲鼓，邊唱歌。

逃離父親之神

理解這部小說（《黑色花》）的方法之一就是把焦點放在父親身上，去理解劇中人物的行為。劇中人物大多是孤兒，雖然失去父親的情況各不相同，但他們所經歷的痛苦都來自於沒有父親，在這點上都是差不多的，而他們沒有父親的經驗，肯定暗喻著這與大韓帝國的沒落一致。為了擁有能拯救自己於世間暴力與虛無中的新父親，劇中人物所做的行動，造就了相對鮮明的情節，正如南真祐在解說中所說的「尋找父親」是重要的主題。從尋找父親的角度來看，朴光洙的經歷極富啟示，在西海蝟島當漁夫的父親抓黃魚時被大浪捲走喪生後，少年朴光洙被母親賣給巫女，受到嚴重的虐待，於是他逃離巫女家，接受天主教神父的洗禮，之後去馬來西亞檳城上課，成為神父後回來。我認為他依靠天主教的重要原因是，天主教的世界與年幼的他所體驗到的巫術世界是不同的，他渴望沒有暴力和死亡恐懼的世界，而天主教的神當然能提供這種世界的承諾，但他心中對神原本就搖擺不定的信任，因為墨西哥農場發生的宗教紛爭而消失殆盡，神給了伊科納西歐名分，明正言順地去迫害韓國人，這個神連他所相信的最後一絲救贖能力都沒有了，反而助長人類世界的暴力與死亡。朴光洙的故事當然是在講述想擁有父親的迫切心願和最終的挫折，但從另一個角度來看，這也是對父親的盼望遇上了父親真實面貌的故事，朴光洙的夢想幻滅與其說是他後悔找錯父親，不如說是他覺悟到父親本質上就是暴力的。

因為那是西方的神，對我們來說是被移植過來的神，再加上我們本來就對一神教的觀念很陌生。

神只有一個的概念是在中東形成的，這個概念在過去兩千年間傳播到全世界，與多神教世界衝突，造成了許多悲劇。而且那位神是父親神，也就是男性的神明，同時也是不允許任何其他神的「忌妒之神」。很多讀者閱讀時專注於《黑色花》中的國家問題，但其實這部小說中還融入了很多我的個人經歷，也就是宗教上的苦惱和經驗。我剛出生就受洗了，但是我現在並沒有宗教信仰，我對於象徵教會的信念體系感到緊張與矛盾，而且我還出生於一個因長期受難與受迫而相信天主教的家庭，我的成長期就是擺脫這些東西成為現代文學作家的過程，這些部分都藏在我的小說中，這也可以說是逃離父親之神的過程。

相較於一神教，薩滿教充滿活力，讓人感覺很有活力且感情豐富，比如說神明會又哭又笑，會發脾氣，肚子餓還會鬧脾氣，我小說中的人物被丟入混亂之中，我認為這些部分也很適合他們。朴光洙在兩個信念體系間來回穿梭，這件事本身就是我們民族所經歷過的精神流浪史，也是我的個人經歷。雖然個體發生的事並不是為了追求系統中發生的事，但兩者就是有相似之處，而且寫著寫著，這本小說無可避免地自然成為了尋找父親的一部分，寫作時我並沒有特意想尋父這個主題，不過順著故事發展，我的劇中人物自然就成了孤兒，也就是斷了線的人，因此這個主題就變重要了。

文化突變

二〇〇七年十一月，仁川文化財團〈後韓流時代：亞洲文化的展望〉座談會演講

如果要說我對韓流有一點貢獻的話，那就是參與改編電影《腦海中的橡皮擦》，這部電影改編自日本電視劇，聽說這部電影又再被引進日本，還被重新製作成電視劇，這是個近距離體驗的機會，體驗以內容相互影響的狀況。除了這短暫的經歷之外，作為小說家的我對於今天的韓流主題沒什麼好說的，所以我想從另一個方向切入。

別說韓國文學是韓流了，最近反而是要問「如何承受蜂擁而至的日流」，仔細分析的話，在韓國當作家不僅要面對來自日本的對手，還要面對來自全世界的作家，巴西作家保羅・柯爾賀（Paulo Coelho）進來了，法國小說家貝納・維貝（Bernard Werber）進來了，村上春樹也進來了，所以我們的文學已處於全面的ＦＴＡ（自由貿易協定）的狀況，也沒有影視配額之類的制度來保護。而且引進外國文學比跟韓國作家邀稿來得容易，

直接買版權回來就行了，沒必要和作家私下見面請客喝酒，也不用諂媚討好，直接在市場上交易就行了。韓國從一九九六年加入伯恩保護文學和藝術作品公約後，重複翻譯的情形不再，翻譯作品也完整受到著作權法保護，出版社開始正式投資翻譯，結果翻譯品質就提高了。因此，韓國的作家可以說是在全面市場開放的狀態下，與外國作家展開激烈的競爭，換句話說，小說市場上沒有「貿易壁壘」。

思考一下「韓流」的「流」字，眾所皆知「流」這個漢字是代表水流，自然就會讓人想到「滿溢」、「氾濫」、「湧出」等詞彙，「三國志潮流」、「日本文學氾濫」、「韓劇席捲日本列島」等的說法都會讓人聯想到激流的樣子。因為這些表達方式，我想像中的國家文化就像被堤防堵住的水池一樣，如果日本這個水池的水位升高水就會流入韓國，反之韓國這個水池溢出的東西就會流進日本或中國。這個隱喻的優點在於它既簡單又熟悉，應該任何人都能輕易理解。

但是我懷疑這個隱喻是否真的適合代表文化的潮流，取代「流」這個字，我想提出另一種「文化突變」的隱喻。這些文化突變與國境、國家、文化傳統等無關，而是都出現在某種潮流的交匯處，對自身文化傳統的熱愛逐漸變模糊時，我們對外來文化的排斥感較小，我認為消費傾向高的地區會出現某種文化變種，這些突變誕生於文化十分「髒亂的環境」中。在青鶴洞這種文化清淨地區是不容易出現的變種的，像香港、釜山、紐約等地方，還有這場研討會的舉辦地點仁川也是適合突變出現的環境。

我認為義大利式西部片和一九八〇年代香港黑幫電影也是一種文化性突變，有些奇怪的東西結合在一起，電影公司的這種奇特變種就像潮水一樣，跨越國境流入中國、流入臺灣，又突然來到韓國，影響了很多電影導演。遠在加州的錄影帶店店員昆汀・塔倫提諾（Quentin Tarantino）也被香港電影迷住，在成為導演之後他拍出《追殺比爾》這種奇特的電影，既像日本電影又像中國電影，但從某個角度看來又像美國電影。文化突變不僅是越過國境進入鄰近國家，其實是透過飛機、網絡、錄影帶店、美國電影市場等地方，橫衝直撞地蹦向某個地方。

韓劇的情況則是這樣，在一九九〇年代初期時常聽到「韓劇嚴重抄襲日劇」、「韓劇編劇跑去收得到日本電視訊號的釜山工作」、「不，根本是跑去了對馬島」，但實際上日劇和韓劇很不一樣。在日劇中，人與人的距離很遠，但在韓劇中卻非常近，角色會說些不該說的話，每隔五分鐘就大吼大叫，深入干涉別人的事情，韓劇中有很多這樣的激烈關係。韓國電視劇雖然參考了日劇，但重視強烈情感的韓國電視劇傳統混和了美國電視劇的特性，就出現了獨特的變種。而這就是一九九〇年代末期到二〇〇〇年初期的韓國電視劇，其他國家連嘗試都不敢的大膽設定不斷出現，已超越過分的程度，有某種魯莽的感覺，看看林成漢編劇的電視劇《老天爺啊！給我愛》就會懂，陷入愛情的兄妹、實為親生父親的繼父、想迎娶親生女兒當媳婦的母親等，整部戲充滿了打破常規的設定。

電影《王的男人》中可以舉出這種突變的例子，仔細看這部電影的內容，其實這個事件在朝鮮的王室中是很難發生的，與其說是傳統歷史劇，不如說是改編了莎士比亞式的宮廷劇。不論是宮中有戲子登場或是宮廷裡演出的劇中劇，都擺明著要讓人聯想到《哈姆雷特》，而這種框架中又存在著韓國傳統戲劇的原本面貌。

那麼在亞洲文學界的突變是什麼？具代表性的作家是村上春樹。村上春樹是在港口城市神戶附近長大的，在港口城市長大對於文化突變來說是很有意思的起點。據我所知，村上春樹的父親是高中日語老師，是一位日本傳統文學的護持者。因此他總是向兒子強調日本傳統文學之美，然而他兒子卻非常討厭這點。在港口城市神戶，舊書攤會賣外國船員帶來的低俗小說，生意非常好，村上春樹在這裡沒讀該讀的日本傳統文學，而是開始讀起了美國的推理小說、大眾小說。

聽說村上春樹是狂熱的美國文學崇拜者，他喜歡瑞蒙．卡佛（Raymond Carver），村上春樹跑去找瑞蒙．卡佛，以譯者身分採訪他。他邀請瑞蒙．卡佛來日本並提出讓對方住自己家，瑞蒙．卡佛也欣然答應了。但是日本的床不是很小嗎？瑞蒙．卡佛身高是一百九十公分左右，所以村上春樹還為了他親自買了床。但瑞蒙．卡佛在村上春樹的拜訪後突然離世，結果只留下村上春樹特別訂購的大床。村上春樹以身為史蒂芬．金的粉絲聞名，他經常開車到位於美國緬因州的史蒂芬．金的家，呆呆地在遠處望著他的房子後再回家，心想著：「啊，史蒂芬．金住在那啊！」由此我們就能一窺日本特有的御宅族心理了。

另外，在村上春樹的小說中也能看到日本私小說的強大傳統，這部分非常有趣，他明顯喜歡美國文化，特別是爵士樂這種美國音樂，並寫了一部充滿西方文化符號的小說，但他的作品卻同時非常地日本。這種奇怪的混種文學掌控了全世界的書店，也許他的小說不是靠「寫得好」而是靠「寫得奇怪」才能夠如此廣為流傳吧？

由此看來，我認為韓國電視劇「平定亞洲」並不是因為拍得好，而是因為拍得奇怪，所以我無法同意要「做得更好」以持續韓流。關於韓國小說的全球化，很多人主張「韓國小說雖然很優秀，但因為要翻譯的關係而不能廣為人知。」當然韓國也有些很優秀的小說，但我認為「寫得好，翻得好」並不能「進軍」世界，我認為能跨越國境讓其他國家讀者廣為接受的小說，很有可能是透過許多文化的混血而產生的變種。因為是突變的產物，不可能事先預測，也很難企劃生產，如果韓國文學的全球化實現，故事主角可能不會完美體現韓國情感，內容也許奇怪且雜亂無章，我們很有可能無法接受它是韓國文學。因此，如果我們真心希望韓流持續下去，比起更加努力，我們應該變更奇怪才對。

初版作者的話

這是大學新生時期的事。春天百花盛開，某個昏昏沉沉的日子，我正在上哲學概論課，希臘哲學家的名字從教授口中傳過來，猶如催眠師的咒語般，雖然昨晚宿醉還未退去，但我在某一刻突然清醒了過來。哲學家們不斷地對話，問了又答，問了又答……。語言不是單純的語言，語言是找尋真理的重要工具。下課後我和同學一起去學生餐廳吃午餐，一坐下來，我就用興奮的語氣談論剛才課堂上接收到的大略內容。這時把臉埋在辣牛肉湯碗裡的朋友，抬起頭說：

「喂，能不能讓人輕鬆吃飯啊？」

對話就此結束。這種經驗不斷反覆發生後，我有些失望，感覺對話的對象不一定得是活著的人。此後，主要和我交流的不是現實中的人，而是書中的人物。雖然我喜歡說話，喜歡聽別人的故事，但如果對話的時間、場所、心情不恰當就經常會感到彆扭。看看四周你會發現有些人具備天賦般的能力，既能抓住對話的適當時機，又能好好地掌握對方的心情。不幸的是，我並不是那樣的人，我總是會深陷各式的奇想中，說出一些不合時宜的話題，讓人感到慌張不已，雖然可以流暢地表達出思考已久的某些問題，但在日常的輕鬆對話中，經常出現因畫錯重點而引起誤會的情況。發表文章前可以反覆修改，但話一出口就很難收回來了，因此比起說話，我更喜歡寫作。我依然認為比起我說幾百句話，清楚地寫一行句子更能清楚表現我自己。

但是活著就不得不說話，書籍出版後我會接受採訪或訪談，小說我寫了很久且經過反覆修改，每次小說發表我必須結結巴巴地接受採訪時，就會覺得這種情況很像某個男人很想接近我一位有魅力的朋友，而我因此每次都要經歷麻煩事，感覺自己就像個不幸的女人，心情就像在說：「為什麼不直接跟我的朋友說而要來煩我呢？反正你需要的又不是我。」我偶爾也會去演講，面對一群人的演講比面對一個人的採訪或訪談更加緊張，坐在前排正在打瞌睡的聽眾，也許是因為昨晚度過一個「狂歡的週五」而正在打瞌睡，但我卻怎樣都覺得這是我的責任。為了不讓前面的人打瞌睡，為了讓特地抽空來聽我說話的聽眾度過一段更有意義的時光，演講中我總是會誇張一些，會加上一些文章裡不會說的詞句、笑話、誇張的部分與跳躍式的邏輯等。

這本書將這種採訪、訪談和演講的內容化為文字，希望大家能把這本書當作是，作家為了用文字彌補言語所造成的後悔而努力做出的產物。大部分的採訪內容都是用採訪方的錄音或筆記記錄下來的，有時我們會記錯，有時會莫名其妙地點出前後脈絡，或者內容有所遺漏，雖然一開始會修正，但後來發現沒什麼意義就放棄了。雖然演講有原稿的情況居多，應該不會像採訪那樣被曲解，但還是有必要刪掉現場加入的多餘內容，還要增加因時間限制在現場被省略的部分。而且過去幾年間的幾場演講都是有上傳網路的，由於都是由主辦方編輯影片，所以會跟原本的脈絡有些許不同，也有一定要留的部分在上傳時整段被刪的情形，因此我好像有必要藉此書說明原稿是長什麼樣子的。

把步入文壇後的採訪與訪談結集起來看，量實在太多了，所以只擷取了至今還認為有意義的部分重新編輯，過程中不得不縮短或省略採訪者或談話人的提問，希望當事者能夠理解。大家都知道若沒有犀利的問題，就絕對不會出現好答案，我認為本書所記錄的我的回答，都要歸功於某些人精心準備的犀利提問，感謝的人如下。

文學評論家黃鍾淵、徐榮彩，兩位透過季刊《文學鄰村》主辦方的訪談，用犀利的提問喚醒了愚鈍的作家，這些提問都原封不動地保留在雜誌裡，好奇的讀者可以另外找來看。文學評論家金壽伊、金東植也對作家生活、寫作本質等提出細緻且切實的問題，而與作家同事白榮玉、韓銀炯的採訪也是個有趣的經驗。記者們為了日報、週刊、月刊而參與採訪，抱持對作家和文學的熱愛準備優秀的問題，將作家混亂的回答疏理成形，我想要對這些記者表達感謝，特別是朴海憲、李允貞、鄭成甲記者，也對高娜麗、金娜熙表達感謝。

成為作家以後我偶爾會舉辦朗讀會，但原則上不演講，然而有個契機改變了這件事。二〇一〇年夏天，幾位年輕人來找我，他們問：「我們得到TED總部許可，正在準備TEDxSeoul活動，能不能以『現在我們需要的東西』為主題來演講呢？」大家都知道TED的口號是「值得分享的觀點」（Ideas worth spreading），是個在全世界開辦演講活動的非營利團體，只要遵守規定的原則並得到許可，任何團體都能舉辦演講。二〇一〇年七月，在新村某演出場地舉行的第二屆TEDxSeoul上，我以〈現在，馬上成為藝術家吧！〉為題進行了十八分鐘的演講，TEDxSeoul的年輕志工們熱情洋溢，用專業的攝影設備錄下了演講，還放上英語字幕寄去位於美國的TED總部。二〇一二年春天，TED總部聯絡我，說想把演講上傳到TED.com，得到我的首肯後，加上專業的編輯，為了讓大家更容易理解還修改了英文字幕。二〇一三年初被上傳到TED.com首頁的「本日精選Today's Pick」，這是首次用韓語進行的TED演講。截至二〇一五年三月，影片上有二十四種語言的字幕，光在TED.com上就創下了一百三十六萬以上的觀看次數，獲得意想不到的迴響。如果TEDxSeoul的志工沒有在二〇一〇年夏天找到我，一直縈繞於腦海中的想法沒有被拉出來，這些想法就會消失在某處。我要感謝那些每週都自動自發聚在一起、熱情準備活動的他們，也要感謝負責攝影並翻譯、編輯字幕的所有人。

之後在CBS《改變世界的十五分鐘》節目中，有機會談論「自我解放的寫作」，去年年底我還在SBS的《Healing Camp》中做了簡短的演說，題目是在現在這樣低成長的時代要以什麼態度生活，因為是廣播節目，很多部分經過剪輯了，所以才把原稿收進了書中。此外，我在很多大學和圖書館等地方，偶爾還會舉行活動闡述對文學和寫作的想法，並接受學生和讀者提問。雖然與二〇一〇年前相比，外部的活動稍微多了一點，但現在我每個月除了外出一兩次，大多時候都待在家裡，像往常一樣想著奇奇怪怪的事情，寫小說或構思小說度日。我仍舊相信文字的世界比語言更可靠，我相信在文字裡能更準確地表達出自己的想法，所以很幸運能以這本書為契機，稍微彌補之前語言上的不足和庸俗，但仍然不可避免會有些粗糙的部分與不夠深思熟慮的文句。

又到了春暖花開的季節，不需要陳腐語言，耀眼的花朵正等著我們，據說希臘哲學家是看著百花齊放的庭院，與弟子們交談的。回想因淡雅花香而昏昏沉沉的大學新生時期，從那時到現在好像真的走了很遠了，但我仍然抱著許多未解的問題生活著，如此的我竟然能出版這本滿是回答的書，似乎很厚臉皮。因此我想對讀者說，即使這本書是以問答的形式呈現，希望讀者能知道，其本質是提問。

二〇一五年三月

金英夏

採訪出處與演講目錄

【採訪】

金英夏〈要寫好小說就要寫會讓媽媽嚇到的故事〉 Channel Yes，二〇一四年十月

金英夏——能持續下去的男人 白榮玉，《不一樣的男人》，智慧傾向，二〇一四年八月

作家金英夏〈讀經典的理由〉 Channel Yes，二〇一三年十一月

小說家金英夏的書房——金英夏的書房是潛艇 Naver 知識人的書房，二〇一三年十月

金英夏，一個人人生瞬間崩塌的故事 教保文庫 Book News，二〇一三年八月

被貓迷住——作家金英夏口中的貓 《Magazine C》，二〇一三年五月

思想與肌肉發達的作家——遇見小說家金英夏 國立國語院電子報《逗號，句號。》，二〇一二年十月

採訪——誰都沒去過的最陌生的地方 《文學鄰村》，二〇一二年夏天

一想到只能活十年，馬上就能開始冒險了——小說家金英夏的冒險故事 《luxury》，二〇

一〇年十月

金英夏〈擄獲女性芳心的祕訣……〉——對於那些比我更生動的事物 Channel Yes，二〇一〇年十月

《無論發生什麼事》的作家金英夏回來了！ 《Singles》，二〇一〇年九月

以《無論發生什麼事》回歸的作家金英夏 首爾文化財團電子雜誌《文化+首爾》，二〇一〇年九月

「讀小說是一種概念植入」——《無論發生什麼事》金英夏 Channel Yes，二〇一〇年八月

〈收集了想寫時隨意寫下的作品〉 《韓國週間》2336號，二〇一〇年八月

遇見小說家金英夏二 Ddanji日報，二〇一〇年八月

遇見小說家金英夏一 Ddanji日報，二〇一〇年七月

存在、生活、寫作 都正一等，《寫作的最低原則》，Lux Mundi，二〇〇八年

訪談——面對無內在之人的內在 《文學鄰村》，二〇〇八年

訪談——指紋獵人，進入光之帝國 《青》，二〇〇六年秋天

座談——類型文學與類型類相關故事　《文學與社會》，二〇〇四年秋天

新的文學地形圖，由「青春」接收——〈哥哥回來了〉作家金英夏的採訪　《出版誌》，二〇〇四年四月

訪談——苦難中的嘉年華，歡快的地獄　《文學鄰村》，二〇〇三年秋天

座談——九〇年代文學總結　《創作與批評》，一九九八年夏天

【演講】

悲觀的現實主義與感性肌力　SBS《Healing Camp》，二〇一四年十二月

自我解放的寫作　CBS《改變世界的十五分鐘》，二〇一三年五月

現在，馬上成為藝術家吧！　TED首爾演講，二〇一〇年七月

奶奶的蜂窩　墨西哥瓜達拉哈拉國際書展，二〇一一年十一月

奇異的小說世界　海雲台望月山丘祭，二〇一四年九月

初戀般的書　yes24網站文化祭〈合作派對〉演講，二〇一三年十一月

讓我成為作家的事物　哈佛大學演講，二〇〇八年五月

文化突變　仁川文化財團〈後韓流時代：亞洲文化的展望〉座談會演講，二〇〇七年十一月

言 말하다
生活如此艱難，但我們還有文學與寫作

作　　者　金英夏
譯　　者　陳思瑋
美術設計　吳郁婷
行銷企劃　林瑀、陳慧敏
行銷統籌　駱漢琦
業務發行　邱紹溢
營運顧問　郭其彬
責任編輯　吳佳珍、李世翎
總 編 輯　李亞南
出　　版　漫遊者文化事業股份有限公司
地　　址　台北市松山區復興北路331號4樓
電　　話　(02) 2715-2022
傳　　真　(02) 2715-2021
服務信箱　service@azothbooks.com
網路書店　www.azothbooks.com
臉　　書　www.facebook.com/azothbooks.read
營運統籌　大雁文化事業股份有限公司
地　　址　台北市松山區復興北路333號11樓之4
劃撥帳號　50022001
戶　　名　漫遊者文化事業股份有限公司
初版一刷　2022年6月
定　　價　台幣330元

This book is published with the support of the Literature Translation Institute of Korea(LTI Korea).

國家圖書館出版品預行編目 (CIP) 資料

言：生活如此艱難，但我們還有文學與寫作/ 金英夏著；陳思瑋譯. -- 初版. -- 臺北市：漫遊者文化事業股份有限公司, 2022.06
224 面；14.8X21 公分. -- (金英夏作品集；9)
譯自：말하다
ISBN 978-986-489-644-8(平裝)
862.6　　111007316

ISBN　978-986-489-644-8